鍾曉陽

哀傷紀

緣起

1986年初次出版的鍾曉陽小說〈哀歌〉末了有這麼一段：

「我們的年紀都漸漸大了。岸上的歲月，已離去遠去。或者你想著就此一條船，一個人，在海上度過餘生。每當你的漁船出海，回望岸上層層的燈火，你是否覺得那就是你的前塵往事，漸漸變得像星星一樣冷而遠。

再相見時，想必恍如隔世。」

28年前，小說裡的少女所謂的恍如隔世，多少只能憑想像。

28年後，時光悠悠，一場離去又重逢的愛情，一段放下又重行的故事，成了〈哀傷書〉。

小說如人生，無法重來，卻有後來，後來〈哀歌〉中的幾個人物們再相見，後來經歷人生種種再提前塵往事，遙想來日，小說裡的中年男子問著步入前中年的她：

「這裡流行一首歌，叫做〈它只是個紙月亮〉，不知道你聽過沒有？有幾句歌詞是：『它只是個紙月亮，浮在硬紙皮做的海上；它不是假的，只要你相信我的心是真』——你的心是個紙月亮嗎，潔？」

2014年，It's only a paper moon，睽違18年的鍾曉陽新小說，是真的——

新經典文化編輯部

目錄

哀歌

1986

01

近日我常想到死亡的事情。

從前我們也談論過死亡。你說你願意死在大樹下，讓樹根吸取由你的屍骨所化成的養料，越長越高。那棵樹看得多遠，你就看得多遠。你所看到的世界，沒有言語可以形容。

「我願意做那棵樹。」我說。

至今我仍愛著你。

人死後，化為飛灰，我對你的記憶，是否就如失去肉體的幽靈對於人類肌膚的記憶，永不可追？我還能在你的眼神中迷失自己，與你生死相許嗎？在死後的世界，有誰能為我捎來你的訊息，好讓我知道你在人間，是否幸福？我是否仍能維持生前你最喜歡的樣子，以你的夢境，作為我的歸宿，在你的夢中對你說話？黃泉路上，我們在海邊所立的盟約，可能為我指點他生的緣份，讓我走向正確的方向，好與你在來世做一對情人、夫妻？

是否每個人心中都有個死後的樂園，對於美麗的極樂有所想望？

西方有極樂清淨土，無諸惡道及眾苦，但受諸樂。

水手們相信死後進入綠色的草原。那裡有醇酒、美人、歌舞、奏個不停的小提琴。

我曾經將漁夫死後的世界，編成一篇篇富於活力的、愉快的童話。翠藍色光亮的海底，小魚吹著七彩泡沫，蝦男蟹女追逐嬉戲，穿著用柔軟的魚網織成的衣裳。水底的沙像牛奶一樣白而香，海藻有著春天的青草的顏色，各種貝類發出一陣陣光澤，每一隻是一個音樂盒，開闔之間有微微的旋律。

但你寧願離開你的漁船，回到岸上來，尋找葬身之地。

無論水手或漁夫，最終還是回歸土地。

西歐傳說水中溺斃的人，其靈魂需在世上漂泊二百年，始能得到安息。

可見人類嚮往安定，難把無根的生涯視為極樂。

佛教有輪迴轉世之說，認為人死後，其魂靈以另一副形體，再度託生於世。

果真如此，我願意轉世為一棵大樹，生長於天地之間——葡萄雨露，星星糖果，雲的白肉與乎花的香骨，陽光琥珀……

讓我以深深的泥土，作為永生的園地，把枝葉向高空伸展，直到天空的盡頭，每一片葉子是天上的一顆星，永恆地護蔭你流浪人間的魂靈。

讓小鳥來到我的枝上，唱牠們臨終的哀歌，當我沉默，植根於你立足的土地，喜歡生長，永遠向上。

02

能夠將生命變成故事，我覺得是可喜的；能夠將生命賦予故事，我覺得這更加可喜。然而，回顧自己的過去，我不覺想起希臘傳說中麥德斯國王點物成金的故事。凡他的手指所觸之處，皆變成黃金，其結局必然是悲劇性的，而且是比人類的貪慾更大的悲劇。

凡我的手指所觸著的，皆變成故事，想必也有其可悲之處。

我曾經把世上的一切變成你。

現在我又把一切變成發生在你身上的故事。

得不到你，是否因為我在不自覺的時候，把你變成了故事？

有時我覺得，與其說一個故事，倒不如唱一首在海邊為你送別的歌。

從前我常常立在漁港目送你的漁船出海。

「我的小丈夫。」我心中這樣地呼喚你。

每回我都想著，這一次你去了，不知道還會不會再回來。

可惜今生今世，我們無緣做夫妻。

為甚麼萬千故事之中，我獨不能編一個與你成為夫妻的故事？

但是，能說一個愛你的故事，我也感到歡喜。

許多年前，我們初相識的時候，我還是一個學生，獨自來到你定居的城市求學。年紀輕輕的我，初次面對動人的自由，無所適從，對眼前的生活有一種茫然。

三藩市雖沒有特別出色的學府，與我年齡相仿，到此地求學的學生卻不在少數。

我曾經因為不欲追隨潮流，聲言絕不出國留學，及至自己也屆留學年齡，這種抗議的聲響便告式微。我想是因為青春的百無聊賴。

我也有了離開家庭，獨立生活的想法。這種想法的背後，談不上理想的力量。若有甚麼，只是一些模糊的、一團色的夢而已。

我生長於人口簡單的家庭，環境富足，自幼受父母的鍾愛，從未經歷甚麼大的不幸。這造成了我的無知以及不切實際。

「膚淺而正派。」你這樣形容我。

每次我無端想起，自己也覺得好笑。

此後沒有人更準確地形容過我。

記得有一次，我問你，為甚麼和我好。

你說，因為這個世界對我來說是玫瑰色的。

我沒有追究你這話的真意，雖然我不大明白，為何我眼中的世界，對你如此重要。

分手之後，我才想到，是否你在我身上，看見了一個玫瑰色的世界？這個世界，可有我在你身上所看見的那個，那麼美好？

我曾經在你身上，看見了一切。

當時我所看見的，現在我正漸漸失去。

我覺得對不起你。

初時，我寄居於父母朋友的家中。這一家，有兩兄妹，妹妹珍妮，哥哥占，都比我年長十歲以上。占與你是好朋友。學校尚未開學，他們輪流駕車載我遊覽這個名城，把我當作小妹妹一樣的照顧。

週末晚上，他們安排了跳舞的節目，尚缺一個男伴。珍妮提議把你叫來。那是我第一次聽見你的名字。

占說：「他肯來嗎？」

珍妮戲說你若不肯，就把你的漁船給鑿沉。

於是我們到你的漁船所停泊的碼頭去尋你。一路上，珍妮告訴我一些關於你事情。她說你在一家航空公司當機械工程師，已經做到視察官的位置，但你一心想做商業漁民。前兩年，為了買一條舊漁船，幾乎把所有積蓄用光。漁船需要重新整修，你把攢來的錢，完全花費在船上，前些日子，不得已把你那輛房車也賣了。在漁船能夠出海以前，你不敢放棄原先的職業。現在你一邊在航空公司任職，一邊還要兼顧漁船的整修工作，時常在船上過夜。

那艘船對你來說，就像你的家一樣。

夜晚的道路，看不清景致，無從辨認方向，直到看見金門橋，才知道正在向北方而行。遠遠近近的燈光，露珠似的，滾在荷葉綠的夜色上。付了過橋稅，車行很短的時間，便到了那個小碼頭。

占下車去叫你。

珍妮回頭對我說：「你也下來看看。」

我們都下了車。風很大，且意外地冷。整片岸邊泊滿了船，卻看不見甚麼人，彷彿所有的人都把船丟棄在岸邊，離船上岸了。只見占向你停泊的地方走去，蹲在木砌的堤邊，喊叫你的名字。

船艙有燈光透出，可見你確實在船上。果然，甲板底下傳來你答應的聲音。甲板上有一個樣式近乎水井的四方形構造，又像個有蓋的盒子，掀開蓋，你從那裡探出頭來，看見我們，有點驚奇。占問你修船的進度，你頂著風與他對答一陣，仍舊攀在通到下面船艙的梯子上。

珍妮給我們介紹，你笑著向我微微舉了舉手。

我心裡感到很親切似的。

占叫你跟我們一起去跳舞，你說：「好啊！」

你答應得那麼爽快，似乎是占和珍妮意想不到的。

你從那個四方口爬出來，身上連衫褲的工作服遍佈污漬，原來的淺藍色大略可辨而已。

「你們等我一下，我去洗洗手。」你說，走進船樓。接著便聽見開水喉放水的聲音。少頃，你提著一個鐵桶出來，把髒水往海裡一潑，又走回船樓。

透過窗口，我看見在昏黃的燈光中移動的，你的人影。

收拾停當，滅了燈，你出來鎖上艙門，托起一塊木板把那四方口蓋起來，也上了鎖。然後你沿著堤邊的梯子爬到岸上。

我們一行人向車子走去。有你認識的漁夫和你打招呼，問你上哪裡去。「玩玩去！」你說，跟他們隨便說著玩笑的話。

上了車，你說：「我們到甚麼地方？」

占告訴了你，你說：「那裡太吵了，不大好吧！」

結果我們到另外一個地方去。可是你穿著牛仔褲，那地方的人不讓你進場。

「那怎麼辦？」珍妮道。

你抱著胳膊，笑笑地說：「那還不簡單？我把……」

珍妮忙喝止你：「有小孩子在場，看著你的嘴！」

你似乎正要說甚麼不文雅的話。我倒笑了起來。

「我去買一條褲子不就行了。」你說完就逕自走了。

我們正好在一個商場裡面，有的商店尚未關門。

「你見過這樣狂的人沒有？」珍妮笑著問我。

不一刻，果然見你穿著西裝褲回來，手上拿著你自己那條牛仔褲。

我們得以順利進場。

坐定後，你們三人都要了白蘭地。你問我喝甚麼，我說不上來，你說：「我給你介紹一個，叫卡露華的，有點咖啡味，加牛奶，甜甜的，一點都不烈，好不好？」

我說好。

占叫我跳舞，我搖了搖頭。「你們先跳。」我說。

占和珍妮離開後，我和你只是沉默地望著舞池，沒有交談。

下一支舞，占請我跳，我仍然搖頭。你和珍妮去跳，再下一支舞，又是占和珍妮兩兄妹互作舞伴。

過了一會，你問我：「以前跳過舞嗎？」

「很少。」我說。

「這一支舞不錯，你要不要試一試？我帶你，不怕的。」

我猶豫著，你已經站了起來，並且俯低頭小聲說：「怎麼樣？」

我實在無法拒絕你。

是一支慢四步。在幽暗的燈光中舞著，我臉紅心跳，不敢抬頭望你。

你到底是怎樣的一個人呢？我心裡想。

你帶舞的方法溫柔謙遜。我覺得你這個人很好似的。

占見我與你跳舞，以為我肯了，下一支舞便要跟我跳。我還是拒絕了他。你怕他受窘，忙拿話打圓場。

整個晚上我只跟你一人跳舞。

「為甚麼不和占跳？」你問我。

「我喜歡跟誰跳就跟誰跳。」我說。

「你喜歡跟我跳嗎？」

我不知道該怎麼說才好，有點想笑。

「你還是小孩子呢。」你說。

「除了爸爸之外，我只跟你一個人跳過舞。」

「真的？」你笑道。

我覺得好像有點喜歡你似的。

後來我和你要好，占總是拿這一天的事情來取笑我，不外是原來我第一次見你便心有所屬，怪不得只跟你跳舞，不跟他跳舞……這一類的話。

次日早晨，你來到我寄居的人家，找占有事。占剛好和他父母出去了。珍妮還未起身。我正坐在客廳的餐桌閱讀一本關於哲學的書。

我說占很快就回來，你便坐下來跟我聊天。

「想家嗎？」

「不想。」我說。

「為甚麼會選三藩市？」

「我不知道。」

「你不怕？這裡有地震啊！」

我只是板著一張臉。不知道為甚麼，那天在你面前，我覺得很不自在，不知道應該怎樣才好。

你把手腯支在桌上，托著頭，望著我說：「你知道嗎？上帝造人把人造得笑的時候比不笑的時候好看，一定是有道理的。上帝也希望我們快快樂樂，你說是不是？」

你翻了翻我那本哲學書：「你打算在大學裡唸甚麼？」

「我還不知道。」我說。

你一邊翻書，一邊隨意議論著各家各派的哲學，其異同、長短、優劣。原來你知道得極多。我很有興致地聽著，欣羨不已。

你說你從哲學以及自己的人生經驗學得了一個道理，就是這世上的確有正確的人生態度，有至善。你反對否定客觀事實存在的哲學。

我似明白，似不明白。

「我甚麼都不懂。」我說。

你笑道：「蘇格拉底也還說他自己甚麼都不懂呢！」

我不由得笑了。

那個客廳十分敞亮，陽光照進來，都照遍了。地上有微微的陰影，卻沒有陰影的感覺。彷彿只是一種植物的微涼。

窗外夏日遲遲。

簷燈上附著一個漂亮的燕巢，略為像一隻松毬，散發著新熟的松香。我指給你看，也許是燕子南移前最後一次在此築巢。我告訴你前兩天一隻小燕學飛，不幸跌死的事情。睡覺的時候，小燕睡在巢窩裡，大燕攀著巢緣，疊起翅膀，微闔著眼，樣子十分有趣。

你說：「要不要出去走走？」

「你不等占了？」我說。

「不等他了。」

我給珍妮寫了張便條，便跟你出去。你開著一輛看起來十分殘舊的淺藍色豐田敞篷運貨小卡車，載我到嬉皮士一度聚居之地。我們下車走路。陽光靜靜地照滿街心。

你給我講了一個與嬉皮士有關的笑話：某大學寫字間的一位女秘書對嬉皮士深懷成見，一天，一個長髮披肩、留長鬍子的嬉皮青年進寫字間問點事情。這位女秘書馬上變了臉色，不客氣地趕他出去，說：「我們這裡不歡迎你這種人！」嬉皮青年擺出一副滿不在乎的姿態，好整以暇地說：「耶穌不正是我這個樣子的嗎？要是耶穌來了，你也不讓他進來嗎？」說得那個女秘書啞口無言。

我被你的神情語氣逗得大笑起來。後來我把這個笑話轉述給別人聽，再也不好笑了。

經過一家希臘餅店，你指著櫥窗裡面的一種點心，說那個很好吃，我一定會喜歡吃的，進去給我買了一塊。是一種多層夾心餅，我覺得太甜，但還是很開心地吃完了。

順步走去，來到金門公園東區，因其形狀被稱為「鍋柄」的地帶。我們在那裡的長櫈上坐了一會，談論一些年齡的事情。只是坐著，看了一會落葉，便覺得光陰匆匆。

然後你帶我到一個高尚住宅區，看那裡的維多利亞式房屋。我們把車子停在路旁，就在車子裡坐著。往右看，有一棵豐滿的梧桐樹，風吹樹搖，每一片葉子是一隻小手，往下一探一探，彷彿想要撫摸一下它生長的土地。

雀鳥的鳴聲處處。

你說你喜歡房屋，尤其是在山中狩獵的時節偶爾經過的，那些在黑夜裡點亮了燈的房屋，每令你興起思家之情。

你曾經同你的大哥和姪兒去獵過鴨子。鴨塘極深，甚至要把你十歲的姪兒揹在背上，涉水而過。有一次你的姪兒撿到一隻鴨哨。那是一種能夠發出鴨鳴聲的工具。直到現在他還喜歡拿它來逗人。

你也在加州及緬因州獵過鹿。松鼠、兔子一類的小動物，經常成為你的獵獲物。你還獵獲過一隻狐狸。那是你在緬因州伏伺一隻鹿的時候無意中獵得的。

寒冷的夜晚，揹負著沉重的獵槍經過山中的人家，瑟縮著，透過窗戶往裡看，可以看見一家子在溫暖的燈光下圍桌進餐。那時你真想家。你知道，對於屋裡的人而言，你將永遠是一個打從窗外經過的人，獨自走向無邊的黑夜。沒有誰比你更清楚自己的命運。

所以你不願受家室之累，寧願到海上做個自由的浪人。我曾經願意追隨你，把我們的家建立在海洋上，但是你說：「我不願我的家在海上漂流。」

山中的燈，暖眼又暖心。

也許只有山中小徑上，遠遠的一盞寒夜的燈，方才是你心目中永恆的家園。如果是這樣，我願意點一盞岸上的燈，讓你捕魚歸來，遠遠地看見。

回憶往事，是否就如經過山中的人家，瑟縮在寒夜裡，從窗外看著裡面溫暖的情景？假如這就是我的命運，我們的一生，其實都是在寒冷和孤獨中度過。

後來，我搬到你姨母家樓下的單位居住。我向你提過想找房子，獨自居住的事。恰好你姨母家原來的房客搬遷。通過你的關係，我以較低的租金把那個單位租住下來。

搬家那天，占幫忙把我的東西安頓好，開車載我到唐人街購買必須添置的物品。剛進入中國城，就看見你立在路邊，靠著一輛車子跟人聊天。我下了車，占自去泊車。

你正吃著豆沙酥餅，給了我一塊。我們一邊吃著，一邊看著對面樸茨茅斯廣場的野鴿子飛來飛去，到處覓食。

新居在落日區，距離太平洋僅有一箭之地，不知是邁澳島、法拉龍群島，抑或其他島嶼的霧號，在大霧的晚上徹夜不斷地響。嗚嗚的響聲，猶如生活在野山裡的，一種寂寞勇猛的動物的哀鳴，給人天寒地凍之感。我想到你若在船上，也是聽著這聲音。

在海上聽來，會否比較像一種海獸的鳴聲？還是這聲音已經成為你生活的一部分，是你自己的聲音？

你常到我家樓上你姨母家，找你表弟。他在中國餐館當廚師，有一陣子失業，常跟你上船。有時你把車子開到門口，按按響號，他自會從樓上下來。

我在窗口掀開窗簾的一角看著你們離去。

我以為你總會來看我，但是，許多日子過去了，你始終沒有來。

離家上學，或放學回家，屢次在門口碰見你那在製衣廠工作的表妹，站在路上和她聊個一時半刻。我想向她探問你的近況，又覺得不便啟齒。或者我只是想提起你而已。每次跟她談話，心裡想的都是你。有一回，她做了大黃葉餡餅，給我送來一塊。其後才知道是你叫她給我送來的。

可是，長久的一段時間，你只在我的頭頂上來來去去。樓上樓下僅一板之隔，我甚至聽得見你笑談的聲音。便是在做功課的當兒，我也停下來傾聽。那時，我好像有點覺得寂寞似的。我覺得整個世界是屬於你的，而我一無所有。你離去時，下樓梯的腳步聲經過我家門前。連木柵的咿啞一聲也響過後，我悄悄地來到窗口，從簾縫看著你的車子遠去。

我會做出一些奇怪的舉動，譬如說，若在晚間，聽見樓上你的親戚送你到門口，我便把我家的燈全部熄滅，好讓你以為我家裡沒有人。這樣跟自己玩著遊戲，誠然是可笑的。一切都不知道是為了甚麼。

屋後有一個小小的院子，久無人整理，顯得十分破爛。位於院子一角的儲藏雜物的小木屋，也露出傾頹的跡象。除了三四塊石板，其餘全是泥地，房東太太不規律地種著芥菜。院子中央橫拖過三道繩子，權充晾衣繩。

記得那正是芥菜花開的時節。我提著一桶衣物到後院，踏在石板上，把衣物往繩上晾，忽然聽到你說話的聲音。回頭一看，你正斜倚著樓上的樓欄，與你的表妹閒談。看見我抬頭，你對我笑了一笑。

我把濕濕的衣服用力抖了一抖，濺出的水點，種子似的撒在泥地裡。一隻小黃蝴蝶在同色的芥菜花間飛來飛去，彷彿牠也想找一棵好的芥菜，做牠的花。明媚的陽光下，芥菜花好看地開著，為了蝴蝶的愛。

我還是常常在窗前看著你離去。似乎永遠是我看見你而你看不見我。一天不見你，心中便懸懸的，覺得不圓滿。為了一個尚未深交的人，變成了另外一個人似的，完全不可解。我很生自己的氣。因為被這種情形苦惱著，心情落寞，感恩節學校有幾天的假期，同學邀我去滑雪，也被我拒絕了。

就在那幾天，你為你表弟那輛福特房車做一些修理工作。車子就停在我家門前的馬路邊，從我那裡，清晰地聽見你們的談話聲，以及操作時鐵器碰撞的聲音。樓梯口設有一個水喉，工作告一段落，你們每在那裡放水洗手。你們離去後，門前的水漬，慢慢地也乾了。

一天上午，只有你一個人來，獨自忙了半天。你表弟不知上哪裡去了。這麼冷的天氣裡，你身上只穿了一件髒舊的格子襯衫。工作完畢，用樓梯口的水喉洗過手，你來敲我家的門。

我著實吃了一驚。

「還好嗎？」你微笑著說。

「還好。」我說。

樓上沒有人在家，你想借用我的電話。

用完電話，你說：「你這裡怪冷的，怎麼回事？沒開暖氣嗎？」

「暖氣壞了。」我說。

你看了看我身上的大衣。這些天，我已習慣在室內也穿著大衣。

「壞了？你沒跟樓上說嗎？」

我不作聲。其實我已跟房東太太提過，房東太太說他們自己也不開暖氣，在屋裡多穿衣服就行了。但我沒有把這情況告訴你。

「我替你看看。」你說。

北牆有一個裝飾壁爐，暖氣機就在那旁邊的牆根處。你把暖氣機的蓋子掀下來，趴在地上往裡察看。然後你爬起身，跑到外面把你的工具箱拿進來。

暖氣機的位置使然，操作起來很不方便，必須昂著頭，眼睛往上翻，你索性臉朝上仰躺著。

我給你倒了一杯冷飲，你喝了一口，說：「咦，這是甚麼？那麼好喝？」

我說是蘋果汽水。

「你在哪裡買的？」

「超級市場都有呀，才八毛九一瓶。」我說。「你表弟呢？今天怎麼不見他？」

「他上班去了。」

「哦？他找到工作了？」

「哎，哪天我帶你上他那家餐館去，叫他給我們弄一頓，他弄得不錯的。」

掏弄了半天，你卸下一件零件，坐起來說：「這零件要換，我去買。」看了看錶，你又說：「吃飯了沒有？一塊兒去吃飯？」

從這裡朝南走，第二個街口往左拐，有一家中式麵館，我們到那裡去吃。路程雖短，因為還要買零件，便開車去。外面遍地陽光，倒比室內暖和許多。

「感恩節你做了甚麼？」路上，你問我說。

「就在家裡。」

「真的？早知道叫你到我家吃飯。」

「你叫我，我也不會去的。」

「為甚麼？」

我沒有回答你。

「你家那麼冷，呆在裡面不好受吧！」

「樓上也是不開暖氣的，你到他們那兒，不覺得他們那兒冷嗎？」

頓了一頓，你笑道：「要不是我發覺了，你怎麼辦？就這樣挨下去嗎？」

「你看我挨不挨得下去！」

你笑了起來。

到了那家麵館，你要了雲吞麵，我要了牛肉粥，另外加一碟油菜。你把醋澆在匙子裡蘸麵吃，忽然苦著臉說：「哎呀，這醋怎麼這麼難吃！」

「是嗎？」

我把醋倒在匙子裡，嚐了一點。

「好像摻了醬油！」你說。

店子裡只有我們兩個人。你把隔壁桌子的醋也拿來嚐了，還是不好。你不死心，把其他幾桌的醋都嚐遍了。

我笑道：「當然是一樣的，一家店還有兩種醋不成。」

「這怎麼辦，這醋這麼難吃！」

「以後我們自備，我把我家的醋帶來。」

你連聲稱好。

回家我找到了一個原本盛菊芋的小玻璃罐，裝了半罐子浙醋。但是暖氣機修好後的一個星期，你都沒有再來。

一天下課回家，無意中發現地面上一張從門縫裡塞進來的字條，上面寫著：「來訪不遇，只好一個人去吃雲吞麵。」

我望著你的字跡，心中惘惘的，只覺得若有所失。

我沒有多作考慮，找個藉口向你表妹要了你的住址，寫了一張我這個學期的課程表給你寄去。你來的那天，我給你開門，兩個人都相視而笑。

我們帶著醋罐子去吃麵。

你在航空公司值夜班，從晚上十一點工作到早晨七點，回家睡到中午，吃過午飯便上船工作，直到晚飯時間才回家。晚飯後，睡個兩三個小時又去上班。或者你自己打發晚飯，從漁港那邊直接到你做事的地方。

那些日子你睡眠不足，見面總是說：「睏死了！」我很擔心你開車的時候昏睡過去。

午飯時間除非有課，我一定趕回家。從學校到家雖然只需約十分鐘的車程，在路上也歸心似箭。

躲在窗後看著你離去的日子過去了。現在我每掀開簾子注視著你慣常出現的方向，等待你來。時間上若晚了，你只把車子開到門口按響號。有一次你表弟以為你來找他，從樓上下來，我也剛好從樓下出來，局面十分尷尬。在車上我們都笑了。

你若早到，就坐在車子裡打盹，等我回來。我喜歡下了公車走回家的時候，遠遠地看見你蹲在路邊逗狗玩，坐在我家門口的那一級台階上看馬路，或者兩手插在褲袋裡，倚著前院的柵欄，哼一首歌。

附近那家麵館星期三休息，我們便到基爾街比較遠的那一家。興致好的時候，也去唐人街，到唐人街的路途中，有一個在行車天橋上的地方，可以看見極美的城市景觀。

三藩市的街道沿山築造，房屋多在山上。從那地方往右前方眺望，就是一座山。

山上一大片房舍，櫛比排列，密密麻麻，幾不見空地，儼然一座獨立的城。那淺淺的顏色，與晴朗的天氣異常協調。太陽照射山頭，遙遙望去，讓人覺得那山上剛剛崛起了一輝煌勇敢的王朝。

每次我經過那裡，心中便興起一股歷史的興衰榮敗之感。

03

於我而言，現實世界與夢想世界永不可分。至於，是我與前者完全脫節，抑或把前者融化入後者之中，這一點是還不能夠確定的。但兩者其實具有雷同的意義。

失去了你，通過任性的情愫與幻象使我達到忘我境地的夢想世界，我漸覺難以把握。因此，人生常有多蹇之感。

一生中，有多少事情，其實是發生在夢與醒的交界處。歸根究柢，世事並無真假之分，只有虛實之分。

我第一次上你的漁船，你說：「這是我的夢……你的夢是甚麼？」

對未來有所懷疑之時，你一再問我：「我的夢真的能夠成為事實嗎？」

「一定能夠成為事實的。」我總是說。

你夢想著出海捕魚，已經許多年。當你第一次駕著自己的漁船出海，你也許會在心中問自己：「這是真的嗎？」

若我們兩人之間，只有一個夢能夠成真，我願意那是你的夢。如此，則我的夢縱然憔悴、滅絕，我也心甘情願。

你是否覺得這無疑是一個慣於以夢想自娛的人的說話？

從前你最喜歡與我談論你的漁船。

你以三萬多美元買下這條已有十四年船齡的舊漁船，付款之時，興奮得連手都發抖。

我只知道那是一艘可作遠洋捕魚、一艘時速為八至九海里、內表面澆了水泥的堅固漁船。舊船主登岸從事別的行業，因而把漁船出售。漁船保養得不好，需要大量整修費。在我認識你時，已幾達五萬美元，經濟上的拮据，加深了你對於未來的不安。

寒假裡的一天，你來找我。你說你在南邊的一個小鎮的儀器店訂購了一具船上用的機件，需要去取。但前一天你只睡了兩個小時，恐怕開車時打瞌睡，希望我能陪你去，也好有個人隨時叫醒你。

天氣陰寒，飄著霏霏小雨，沿途我們東拉西扯地聊個不停。我戴著黑色的毛織手套，你伸過手來握著我的手。我故意把手從手套裡面退出來。你就微笑著握著我的手套，把它當成了我的手。

辦過簡單的手續，順利取得機件。那是一支管狀的沉重物事。你把它牢牢地拴在小貨車上，然後我們向你泊船的碼頭進發。

碼頭在梭沙立多，隸屬馬林郡，位於金門橋北端的李察遜灣畔。那是以捕魚業、造船業及旅遊業為主要工商業的旅遊區。

金門橋的景色，千變萬化，在晴朗的日子裡，抬頭可看見白雲冉冉飄過，穿越紅橋的鋼架，從橋東飄到橋西。這天卻霧靄沉沉，天厚雲低。

過了金門橋，行約十分鐘，彎入右手邊的一段斜坡路，進去便是小碼頭。迎面是一片鐵絲網結成的大柵，柵外有停車位。這次因為要卸下機件，便直駛進柵。一段水泥路跑道般的伸入港灣，接其末端是一截木堤，由水中探出的巨大木樁支撐著。沿堤都有梯子，供人們上下船。不是捕魚季，港灣泊得滿滿的。你的漁船挨著木堤，泊在最近海的一排。

略呈方形、藍白兩色的漁船，破舊凌亂，甲板上滿是雜物。你估計尚需兩三年時間，始能完成整修工作。船首及船尾以黑漆塗上「克莉斯汀」這個英文字，是為船號。

據說是舊船主千金的名字。

花四十美元，僱了操縱起重機的人幫你把機件卸落漁船。過程中，忽然認真地下起雨來。你忙到船上穿起雨衣，叫我上車避雨。剛上車，大雨傾盆而下，從擋風玻璃望出去，你的雨衣僅只是一抹黃影子，忽隱忽現。便是在日常生活中，是如何輕易地就被分隔到兩個不同的世界中去。

有那麼一刻，甚麼都看不見，唯看見雨。再看見你的雨衣，便知雨勢略慢。待你完成卸落工作，跑上車來，已然渾身濕透，而我衣上的雨痕卻半乾了。

我們默默地看雨，雨都是從斜裡來，可見風也極大。山和海灰暗一片，不知是山沉入海中，抑或海淹過了山頭。風雨日的晝晦，令人覺得已近夕暮。

忽然從海上飛來一隻蒼鷺。

「好大的一隻蒼鷺。」你驚嘆。

那蒼鷺在一條木樁上佇立一會，旋即飛走。

不過這裡還是數海鷗最多。一下雨，海鷗都不知飛到哪裡去了，不知附近可有牠們的棲身之所。

海鷗亂飛的日子，來這裡看海上的船隻，心裡便覺得平靜，你說。

在波士頓的期間，有一陣子你常到漁港看漁船。其時你已開始憧憬海上的捕魚生涯。

中學畢業後全家移民來此定居，得了機械學學士學位，你便離開家庭到處流蕩，在公路上截搭順風車，穿州過省，隨遇而安。遇到風景好的地方便留下來，覓一份職業，住個三五個月。就這樣，你從西岸漂泊到東岸，在波士頓，邂逅了一位比你年長五年、與丈夫分居的有夫之婦，與她同居半載。後來她回到她丈夫的身邊去了。從那時起，你常到漁港看漁船，漁港的夕陽極美……聽著你說，我彷彿也看見了那令人心動的景象。紅紅的夕陽就像一面大而圓的帆，緩緩下降。整個地球是它的船。

那時你是如此年輕，我心中想道。

「真奇怪。」你忽然說：「為甚麼我會告訴你這些呢？我把我的故事都告訴你了。」你想了想，自己笑了起來，「也許是我前生欠了你許多故事吧。」

小時候，你常與父親在溪流裡釣魚。那時你從未想過以捕魚為業。如今你覺得，與其僕僕於陸地的塵土之中，不如到海上尋找安寧。

從波士頓回到三藩市，你一方面考入航空公司任職，一方面積極學習有關捕魚行業的一切，結識梭沙立多的漁民，向他們請教。

金山灣一帶一度聚集著許多中國漁民。他們住在一些名叫「中國營」的小村子裡；全盛時期，這樣的村落約有十八座之多。這些漁民以大口拖網的漁船捕捉隨潮水出入港灣的草蝦。三藩市出產品質優良的蝦米，就是因為這種蝦產自鹹淡適中的水域。其成功的程度，招致意大利漁民對政府施加壓力，下令禁用此種捕蝦法。此外，只有十分之一的捕獲品可被製成蝦米。在這樣的雙重禁制之下，這一帶屬於中國漁民的漁業從此式微。也有漁民從事養蛤。然此一作業卻因為海水污染而得不到發展。目前的華人漁民大部分是越南華僑，像你這樣的是極罕有的例子。

展望未來，你不禁有些忐忑不安。捕魚是否真的適合你呢？自己的性情是難以捉摸的，在世間尋找性情相近的事物又是多麼困難。

有時我想，你的生命能夠容納那麼大的一個海洋，卻無法容納一個小小的我，到底是甚麼原因。

那天坐在車子裡看雨，你對我說，從未出海的人，是無法領略海洋巨大的寧靜的。你與相熟的漁民搭伴，或者租賃別人的漁船出海，次數已不在少。夜泊之時，整個世界除了地平線，別無其他。人與自然渾成一體，無限大的孤寂充斥於天地之間。

「孤寂怎能與人分享呢？」你說。

一種挫折感悠然升上我的心頭。我發覺我並沒有足夠的自信走進你的世界，或為你的世界所接納。

「將來我的漁船可以出海了，你願意跟我出海嗎？」

「我怕我會妨礙你。」我說。

你不再說甚麼，只是輕微地嘆了一口氣。

過了一會，你說：「如果有一天，我再也不來找你了，你知道是為了甚麼嗎？」

我不說話，只是傾聽著隱隱在雨中傳來的清脆得如同玉器碰擊的聲音。

「那是不是風鈴？」我說。

你說不是。那是船纜——拍打著桅檣的聲音。

04

你聽過失散的親人相認的故事嗎？在茫茫人海中，憑著半邊玉珮，一塊胎記，尋回多年來下落不明的親人。寄情舊物，將一生灌注其中，這種題材，在目今這個時代，顯然已經稍嫌過時。但我喜歡那些傻氣的、團圓的故事。

有時我覺得你是我世上唯一的親人。我看著你，心中喜悅得直想歡笑，覺得沒有人比你與我更親。我的心滿滿的都是你。

與你在一起，在外面吃東西，或買點甚麼，每次都是你付錢，從來不讓我付。無論我如何據理力爭，終告無效。那回我買了個小玩意，值十塊錢。你幫我付了。記不清是為了甚麼，過後我們起了小小的爭執。我身上只有一張二十元的鈔票。我拿出來一定要把買東西的錢還你。你笑笑說：「我沒得找啊！」隨即把那張二十元鈔票接過去，輕輕鬆鬆撕作兩半，把其中一半遞給我，「哪！找你十塊！」

我把我那一半用相框鑲了起來，掛在牆上，事隔多時，還會指著它，半戲謔地向你說：「那就是我們的信物！」

金門公園濱海處矗立著一座裝飾風車，周圍培植了花圃，春夏開滿燦爛的花朵，青青的草地上的姹紫嫣紅，使人聯想到一個西歐花園。我們躺在草地上的晴陽裡。公園的小樹林飄著郁郁的松香。你說：「要不要跟我去尋寶？」「尋甚麼寶？」我笑道。高爾夫球，你說，只要是高爾夫球場邊沿的林子裡，都可以找得到被人打進來的高爾夫球。我不相信，硬要跟你打賭。我們兩人便在那時陡時平的雜草叢生的林子裡鑽高鑽低，衣服和頭髮上沾滿葉屑以及植物的小刺。終於讓你給找到了兩個。你說換了從前，你一定拿去賣，一個賣五毛錢。我們又無意中撿到一塊蛻落的蛇皮，約四五寸長，白底上一格格深棕的斑紋，摸上去有點脆脆的薄紙的感覺，被太陽曬得發出乾乾的熱氣，腥臭撲鼻。

尤加利的葉子可以辟腥，你說。把樹葉放在水裡煮，可消盡空氣中的任何腥味。公園裡隨處種植著尤加利樹，摘一把嗅一嗅，的確有一段辛甘的與腥味相牴觸的氣味。

你雖未正式出海，卻樂意幫助那些捕魚的漁民。他們捕得了魚，送給你，你總給我送來一條。你舉著魚向我笑道：「這是你的祖先啊！」坐在門前的那一級台階上替我刮魚鱗，把魚鱗刮到腳下的泥地裡，惹來一大群蒼蠅。

我倚在門框上看著你刮魚鱗。屋裡煮著一鍋尤加利葉，一縷清香緩緩飄送出來，經過我身邊飄到門外，在半空中懶懶地蟠成一條龍，彷彿是從一個古老的香爐飄出來的，使人覺得眼前的一切，不過是陽光下的一場迷夢。

安排學校的課程，我盡量騰出中午的一段時間，好有空給你弄點東西吃，免得老是出去吃。你來我家，尚未進門，先就聞到湯的香味。「唔，好香！」你一進門就笑著說。你也喜歡幫我一起弄。做甜芋頭，那芋頭是你教我揀的，圓的是母，長的是公，比較好吃。

我缺甚麼用，你就從你家給我拿來，譬如粉篩、漏斗、攪蛋器等，拿來了往往又忘了拿走，直到你母親要用的時候才發覺不見了。我家到處是你家的東西。

中午在家吃飯的人少，所以你母親是不怎麼做午飯的，有些衣服你也自己拿到外面洗。我們常去的那家麵館斜對過，是一家自助洗衣店。週末你把自己的髒衣服用籃子盛了，開車來接我一同去洗衣服。把衣服放進洗衣機，入了錢，我們便到隔街的咖啡館喝咖啡。

那家咖啡館，天冷之時，一坐下來就不願走。坐在臨窗的位置，太陽發高燒似地曬著，把桌子曬成燙手的木頭，幾乎能把人身上的白襯衫熏黃。沿窗種植的秋海棠，她的回憶裡也有我們的蹤跡吧！過陰曆年，我說我想念家裡的桃花，你為我帶來了一盆海棠，翠綠嬌紅，比我所見過的海棠都要來得嫵媚，不知是哪一種的。那嫩嫩的葉子像蔬菜一樣令人感到親切。

咖啡館隔壁是一爿健康食品店，門口兼賣鮮花。我們先到洗衣店把衣服從洗衣機搬往乾衣機，然後走到那家商店，站在門口認花名，鳶尾、龍爪、天堂鳥、四姊妹、愛爾蘭鈴、嬰兒的呼吸、天使的眼淚……

我家門口斜擋著一排樓梯，直通樓上。樓梯背面底下種著芥菜，天竺葵、金蓮花，以及一種長白花的植物。含苞待放的白色花朵，唯一的一塊花瓣形如蛋卷般地捲起，待開放時即慢慢鬆開。我問你那是甚麼花。你說是牽牛花。但我認為那不是牽牛花。因為我記得中學時代徒步上學的途中，路旁的牆頭，爬滿了牽牛花。牽牛花是爬藤植物。後來我從書上知道那種白色的花名叫馬蹄蓮，又叫水芋。

那是多年以後的事了。

許多事情我都是後來才明白過來。

像那回向書會買書的事情。那時我還住在你姨母家那幢房子樓下的單位，門口的信箱經常塞滿由各地寄來的商品宣傳手冊、說明書、價目表、優待券等郵件。有一個書會寄來優待讀者的書目，只需付出十元代價，即可任擇其中五本，我立刻寫了支票寄去書會，見到你時，還興高采烈地告訴你我撿得了便宜。未幾，我便收到那幾本書。在我快要將這件事忘懷的時候，又收到那個書會寄來的一本我沒訂購的書，要我付錢。拆開一看，是一本精裝偵探小說。我不知道應該怎麼辦。你來時，我們在餐廳坐著，我便把這情形告訴你。

你說：「當時我心裡就想，天下間哪有這麼便宜的事，我以前也上過這一類的當，不過既然你已經付了錢，我只好看看再說了。」

你把我拆開的封套用膠紙重新密封，叫我在上面寫上「寄回原址」的字樣寄回去。

「要是他們又寄回來呢？」我說。

「再原封不動地寄回去嘛！反正他們寄來多少次，你就寄回去多少次，絕不付錢！」你有點沒好氣地說完，稍微用力地把那本書往餐桌上一拍。

厚達兩寸的精裝書，被你那麼一拍，發出極大的聲響。

我心裡一陣委屈，站起來就往後面的房間跑去。正要摔上門，你趕了過來，從另一邊頂著。爭持了一會，終於被你闖了進來。我哭著，用手打你，又用腳踢你。我從未對一個人發過這麼大的脾氣。你長年在船上做粗重的工作，力氣當然很大，一抓住我的手腕，我便一點力度也使不出。我擺脫了你坐在床上大哭。

你挨著我面前的牆壁坐下，伸手握住了我的手。一段沉默之後，你跟我說了許多話。

我第一次聽見你用這種略為有點憂傷的語氣跟我說話。你說你並不是對我生氣，而是氣那些奸商，為甚麼要用這種行為來欺騙我，想起來心裡覺得煩悶，你長大的環境跟我的不一樣，你雖然也有個好家庭，但是因為貧窮，你可說是在陋巷中長大的，而且你是男孩子，自小又喜歡在外面跑，幾乎甚麼都看見過。我卻不然。我自小就生長在極端受保護的環境裡，閱歷既少，思想又單純，那些奸商，絕不是我所應付得了的，而你最不願意的，就是看見我受到傷害……

我又哭了起來。

「怎麼？還在生我的氣嗎？」你說。

「我恨我自己糊塗。」

你嘆了一口氣：「你不是糊塗，只是年輕。」

緊緊地握著我的手，你說：「我還能再來嗎？」

我一時沒有回答你。

你的手非常粗糙。這是因為在船上做粗活結滿了繭。而且你經常被魚鱗或魚鰭等刮傷，傷痕癒合後成了疤。有時你還讓我看那些新受傷的地方。

我緊緊握著你的手，心裡覺得很難過。我如何能夠不讓你來？我如何能夠再也不見你？

我不能失去你。

在那房間裡，我們靜靜地不知坐了有多久。淡綠窗簾的竹子圖案，被日光照映在對面的牆壁上，形成竹影，就好像這窗外遍植瘦竹，由於房間向西，光線黯淡，大白天也覺得有個月亮在外頭，那竹影更添了一股幽趣，水藻一般搖曳在月光深深的地方。許多個夜晚，我躺在枕上望著那竹影聆聽從海上傳來的霧號聲。

你為了哄我開心，說：「我同你看海豹去。」

「你不上船了？」

「今天不去了。」你說。

從我家往西行，太平洋像銀藍的田野一般展現在眼前。我們沿著沙灘朝北走，兩三遊人帶著德國犬在玩樂。世界廣大地延伸開去，水在山前面，山在水前面，一層有一層的天地。九月的海風相當溫暖。你說一年之中只有這個月份，海上吹來溫暖的西風。濕的沙深色，乾的沙淺色，可據此推測潮水一度漲得有多高。現在正是退潮的時候，海濤聲中，夾雜著海豹的鳴叫，令人感覺到動物界的悠閒。鵜鶘和白鷗盤旋飛舞，低飛時其腹部與海的背部相抵，高飛時其背部又似乎與雲的腹部相觸。

一片片雲的白肉浮在藍湯裡。

將及海豹石，你說在那附近曾經有七座游泳池，被一場大火燒光了，遺蹟尚在。於是我們循路走到游泳池。大小不一的七座游泳池被建於參差的位置，如今都淺漬著一泓死水，水面浮著一層濃苔，池邊有青藍的苔痕，上下池的小梯子鏽跡斑斑。有些地方尚可看出曾受火灼。不知為甚麼那場火災之後，經過這麼多年，仍無人來收拾這局面。

我們都忘了原是來看海豹的，只在海邊凹凸不平的岩石間攀了上去，又爬下來。逢到險處，你就拉我一把。我誇讚你攀爬的身手利落，你說你連緬因州海拔五千多英尺的喀坦定山也爬過。據說喀坦定山的最高峰是全美洲每天第一處迎接朝陽的地方。「喀坦定」這個字來自北美洲阿魯庫基印第安族，意謂大山。

一路上不時發現死蟹、水藻、爛木、廢鐵條，甚至舊鐵軌。我還看見汽車的排氣管和輪軸，因為年深月久，深深嵌進岩石裡，成為石景一角。不知是否別處車禍的殘骸，被海水沖上這裡的灘岸。

你一直在我前面引路，捉摸好落腳的方位。有一次，你停下來指著一條石英石的石脈叫我看；又有一次，你指著一個石頭裡的黑洞說：「看那個洞！」就這麼一句，並沒有其他的話。我無論如何也看不見你所看見的。

接著，我們進入一個山洞。走不多遠，左手邊是短短一截欄杆，欄杆處的山壁斜斜地凹陷下去，形成另一個小山洞，洞底滿積著沙。原來那裡終年有潮水湧進，日積月累，以至山石腐蝕變形，造成一個天然缺口。那欄杆正是防止進洞的人不慎掉下去的。憑著欄杆，看得見海潮從缺口處間歇湧進，帶著午後陽光的一點金邊。在山洞的範圍內，那水是黑金色的，回到外面才恢復白日下的色調，彷彿也和動物一樣養成了一層保護色。

另外一個山洞深得多，據你估計，起碼超過一百五十英尺。許多人在邊緣地帶略往裡張望一下便走了。但你拉著我一直往深處去。光線隨著每一步減弱，及至伸手不見五指，便如同整個人從周遭的一切抽離。我既感到新鮮刺激，又有點害怕。「不要怕！」

你說。你也是第一次到這裡來。不過你從前在美洲中西部，有一個時期很喜歡到那裡的山洞探險。生活在山洞裡的蛇、蝙蝠和魚，全都是瞎的，而且是沒有色素的白變種。

在全然的黑暗中，我緊緊跟在你後面，越走越深。有些地方從地底傳來咕嚕咕嚕怪異的水聲，彷彿那就是海洋的喉嚨。起初，我聽不出那是甚麼聲音。但你說那正是水聲，因為經過地層的處理，聽起來有些異樣。

摸索著，你忽然說：「這個山洞有一部分是人造的。」

你領著我的手，讓我摸摸旁邊的洞壁。果然，那一大片洞壁極為滑溜，還有整齊的壁角。

「為甚麼要造這麼一個山洞？」我問道。

「我也不知道。」你說。

山洞並不太寬。這是摸過洞壁之後，加以判斷的。

過了不久，我又聽見你說：「到了盡頭了！」

「是嗎？」

「你還是看不見？」

「看不見。」

「我倒開始看見一點點了。」

原來在山洞盡頭左上角有一個天窗似的小洞，透進一絲光芒。雖然如此，光線依舊極之薄弱。我的眼睛沒你的好，適應得比較慢。

小洞的方向迴響著海洋騷動的聲音。每逢浪潮湧高，就潑刺刺從洞口降下一匹小瀑布。看情形我們約與水面平齊。

你說：「怪不得這個山洞這麼潮濕，漲潮的時候，大概整個被淹沒了。」

我們背靠壁腳，依偎著坐在一起。漸漸的，我也稍能辨別黑暗中山石的形狀。由於潮濕的關係，雖然穿著夾克，仍不免感到一點寒意。我們坐在那裡看著那扇小天窗降下一匹又一匹閃爍的瀑布。那些來自陽光世界的瀑布，像一把又一把金色的箭，從天而降。偶爾來個勢強勁猛的，總會嚇我一跳。瀑布與瀑布之間，山洞周圍老是發出一種響亮的嘶嘶聲，大概也是經過自然環境歪曲的水聲。我起初還以為是蛇。你也有些懷疑。但我們兩人的身上都沒有火柴或打火機，無法察看。緊張了一會，才大致明白是怎麼回事。

山洞中充滿各種稀奇古怪的聲音。

有像我們一樣闖進來探險的人，由最前面的人燃著打火機，一個牽一個小心翼翼地前進。從暗影裡望去，那火光顯得異常強烈，把人的影子一大張一大張貼滿洞壁。山洞裡黑影幢幢。

「他們看得見我們嗎？」我悄悄問你。

「看不見的。」你在我耳邊說。

我回頭望了望那些闖入者，只覺自己也在那小小火光的包圍下，實在無法相信你的話。

「他們真的看不見我們嗎？怎麼我覺得好像被他們看見了似的？」我又說。

「看不見的。」你說。

一個女人歇斯底里的尖聲嚷了起來：「我們在哪裡？我們在哪裡？」

前面領導的人大聲道：「緊緊抓著！不要放手！」

其餘的人開始七嘴八舌地你一句我一句。整個山洞突然充滿嗡嗡的回音。

從暗裡看明裡的人處身於黑暗中的種種姿態，聯想到自己適才狼狽的情形，我不禁暗笑起來。

沒有外人的時候，我們得以自由地交談，彼此說著過去的事情。你叫我猜一個在海中誕生的希臘女神，我猜不出來，你就輕輕吻了吻我的手背，作為給我的提示。

「維納斯。」我說。

我只看見一點點極淡極淡的你的影子。在那黑暗的山洞中，就著那一點點影子，跟你說話，我感到如此地與你憂患與共。我再也不感到害怕。那真是一種無敵的感覺。我覺得這一刻，我們這樣地在一起，在人類的歷史上永遠不會重演。

從山洞回到外面的世界，乍然面對赤裸裸的明亮，我們幾乎成了瞎子，連眼睛都睜不開。還是你先適應，拉著我的手慢慢走。走到一個岩堆，前面不遠似乎又有一個山洞。

「我們快去看看！」我興奮地說。

你望著我笑起來。

然而，潮水逼上來時，岩堆間的沙地整片遭到氾濫，我們的下身全濕了。潮水往後退的力量又極大，狠狠地把我們往外扯。於是忙找了塊岩石棲身。

你說這種情形極端危險，潮水潛力無比，非想像所能及，隨時可將人捲起撞向岩石。

潮的進退之間有一段短促的時間，恰恰容你飛快地越過沙地，到那洞口探看一番。

回來時你說：「不是甚麼山洞，一眼見底。」

我們就在那塊安全的岩石上坐著。海面上一寸光，就是一寸影，隨著日頭移動，一寸寸都欹成斜斜的尺。

你瞇著眼睛指著遠方：「那是我朋友的鮭魚船。」

我順著你手指的方向眺望，極盡目力，也看不見任何船隻。

「捕鮭魚的季節快結束了。」你又說。

每年五月初至九月底是忙碌的鮭魚季節。那正是鮭魚離開海水游向淡水之際。已進入淡水的鮭魚，其肉失去鮮美的味道。據說鮭魚能以本身的官能感知季節，回到牠們出生的水域，產卵然後死亡。新生的魚苗復順流而下，茁長於海洋之中。這種富於奮鬥精神的魚類，能夠跳越十尺高的瀑布，戰勝激流。縱使離家二千里，亦能通過本能追蹤故鄉的氣味，溯游而上，返回出生之地。

你告訴我一次你隨朋友出海捕鮭魚的經歷。那天黃昏時分，你們正在甲板上休憩，忽然，無聲無息地，從深海冒出十一條大海豚，團團將你們的漁船圍住。你們皆為之一驚。海上風平浪靜，夕陽的餘暉，照耀在十一條海豚可愛的、圓圓的背上。這些智慧而善良的動物，如同認識你們一般，在向你們默默致意。你望著牠們，嘗試去體會牠們的來意，忽然像是領悟了甚麼。半晌之後，牠們仍舊無聲無息地潛回海中。

這一次經歷對你來說具有福音之美。

「聽你這麼說，我將來也要跟你出海打魚了。」我說。

「好啊！」你笑道。「那麼你替我們的漁船改個吉利的名字吧。」

我們一邊說笑著，一邊為漁船改了一個又一個有趣的名字。

你考慮稱她為海豹號。因為你從前聽過美國歌手及作曲家哥頓博克根據海豹神話編成的歌謠，留下深刻的印象。自此你對海豹有一份特殊的親切感。

長年冰天雪地的北國視珍貴的白海豹為純潔的象徵，你說。好奇的海豹喜歡游近有人聲或音樂的地方。圓圓的頭以及明亮的大眼睛，突然在船隻附近悄無聲地冒出水面的習性，使牠們增添某種屬於半人獸動物的神秘氣質。希臘神話中除了提及海神普西頓飼養一群海豹外，並未就這種動物作更大的發揮。這可能是因為海豹與地中海民族的生活未曾發生更密切的關係。以海豹為糧食、衣服及燈油的來源的國度，則流傳著無數與之有關的信仰和習俗。

愛斯基摩人相信海豹誕生自女神薩娜的手指。在巴芬島及哈得遜灣一帶，宰殺海豹與殺人同罪。犯人須遵從若干禁令，譬如不可從窗門刮霜，不可清理燈的油滴，不可搖動眠床、刮獸毛，或以木、石、和象牙等材料作工。婦女則不可梳頭洗臉，否則女神薩娜的手指必令她產生痛楚。

西伯利亞的堪察加人在進行海豹狩獵以前舉行模仿儀式，祈求成功。他們以草包作為海豹；把船隻的小模型拖曳過沙地。

白令海峽的愛斯基摩人相信海豹的靈魂棲息於調節身體浮沉的氣泡之中。只須把氣泡歸還大海，其靈魂便得以化身為下一代的海豹，供人捕獵。獵者們把一年內所得之海豹氣泡謹慎保存，於一年一度的冬季慶典舉行祭奠儀式，以食物及舞蹈向其致祭。他們聚集在大禮堂中，將氣泡繫以細繩，拉扯細繩使其舞動，並且圍繞氣泡模仿海豹的動作起舞。接著，由巫師高舉大火炬跑到戶外，參祭者用魚叉挑著氣泡尾隨其後，將氣泡塞入冰底。棲息於氣泡中的海豹中的靈魂遂得以復生。

據說時至今日，白令海峽仍有海豹皮製的船隻航行其上。

格陵蘭島的人避免破壞海豹的頭骨。他們把完整的頭骨置於門旁，使海豹的靈魂不致犯怒，而嚇跑其他海豹。

相傳海豹皮與潮汐之間有神秘的默契，能感應潮退而起皺紋。神話中的海豹居住於以珍珠和珊瑚建成的宮殿。由牠們化身的魚，有著綠色的髮和綠色的鱗。牠們亦能化身為人。

冰島、蘇格蘭、愛爾蘭以及其他受北大西洋沖洗的地區，相傳有海豹人出沒。在法羅群島，海豹人每九日上岸一次，到一個秘密所在，徹夜舞蹈。

假如你撿得一塊海豹皮，它的主人將一直跟隨著你，直到得回她的皮。她甚至願意留下來做你的妻子。海豹化身的女人，指間有膜，手掌粗糙，呼吸緩慢，生殖力強旺，喜歡游泳和潛水，懂得醫術及接生，有預知未來的能力。儘管她是個好妻子，她最愛的還是海洋。那塊皮你要小心收藏；一旦被她發現，她便會離開你，回到海洋去。

海豹化身的男人是天下間最好的丈夫。他消除你對錢財的貪慾，對死亡的恐懼，給你安寧。但是，縱然你把心都給了他，你也得不到他，留不住他。他還是要離開你，回到海洋去。

05

除了一年夏天我回家度假，其餘兩年暑假，我幾乎天天在漁港度過。在此之前，我也常隨你到漁港去。雖然你每次都答應我一兩個小時便送我回家，但你沒有一次實踐諾言。只要到了漁港，你東逛逛，西蕩蕩，一耗就是大半天。你在那裡，完全是如魚得水。隨便在道上碰見一個漁夫，你就能停下來跟他聊得忘了時間。你無事也喜歡上你朋友的漁船閒坐坐。人家修個浴室，裝置甚麼新儀器，你也要去看。你說要這樣才學得到東西。他們多是在船上居住的漁戶，漁船裡面就是一個小型的家，樣樣俱全。你帶著我去參觀你喜歡的漁船，把我介紹給那些漁民，其中一個冒失地說：「是你的妻子嗎？」你望著我只是笑。

你的漁船，船樓包括小小的起坐間、廚房、廁所、船長艙、駕駛艙。底下那一層，船頭的那一部分——也就是駕駛艙正下方——就是船員艙，有四個窄窄的寢位。面向船尾，先是機艙，再過去便是冷藏庫。冷藏庫的庫頂有出口通到上面甲板。第一次看見你時，你就是從那裡探出頭去的。船的表面有一支主船桅、前桅支索、後桅支索、桅頂的橫桁、兩支繫轉輪線的軸竿，以及其他繫泊裝置。

我幫你做一些簡單輕便的工作。穿著你那件淺藍色髒兮兮的工作服，袖子和褲管都捲了起來，腰身又鬆又垮，顯得個子小。

機艙到處膩著機油，加上光線暗弱，走動時須格外小心。我戰戰兢兢地左攙右扶，笑道：「在你這兒簡直出生入死！」你笑著說：「這已經算是出生入死了？等你將來到了大海上，就只有入沒有出了！」

你說要把機艙地面的廢物及吸滿油污的舊報紙清理掉，重新鋪一層乾淨的報紙。我們避開艙房中央的發動機，把一張張報紙嘁嚦嚓嘞展開來平鋪。我一面鋪，一面不覺開始閱讀報上的文字。你那邊突然沒了聲息，原來也在讀報。讀到妙處，我們互相唸給對方聽。後來我說：「喂，有漂亮的女人，你來不來看？」你忙跑到我這邊來。結果我們甚麼都沒有做，光是四肢著地的趴在地上，就著那昏黃的燈色看報，大概一年之中也沒看過這許多報紙。

掀開冷藏庫庫頂的出口，白白的天光照滿魚庫。你將一個鐵桶倒過來，讓我坐在上面，從一本指導書朗聲唸出每一項指示。你按照我唸出來的指示敲敲打打，把各種零件拼湊成一副機器。

上面有人叫你，你出聲應了。只見史提芬從駕駛艙那邊的梯子下來，一看見我便跟你打趣說：「你在哪兒找到的？」

史提芬是個大塊頭，身軀肥胖，滿臉絡腮鬍，天然鬈的頭髮使他於粗獷之外帶點嬰兒的幼嫩。他是種族歧視極深的人，對你卻另眼相看，很是信賴，女朋友方面有甚麼煩惱也前來找你訴苦。他出海捕魚，喜歡有女人在身邊，一度在報上徵求女助手，聲明要求「充實的女人」。他現在的女伴瑪麗當時看見這段徵聘廣告，也不管甚麼叫充實的女人，往腳踏車上一跨，騎著就來應徵。史提芬把她上下看了看，滿意地說：唔，很充實！自此瑪麗便跟他在一起。直至現在仍有人取笑史提芬：「史提芬呀，甚麼叫充實呀？說來聽聽！」史提芬腆著大肚子，略顯忸怩地走了開去。

有一回，他在舊貨攤子以低價得了一柄強力電鑽，被你看上了。其實他自己已經擁有一柄，因為看這個實在便宜，所以才買下來。你卻正需要那樣的一柄電鑽。你叫史提芬以稍高的價格轉讓給你，叫了幾次，史提芬總是不太捨得。

那一陣子，你每看見史提芬，就攛掇他道：「史提芬，我讓你賺五十塊錢，成交之後，再請你吃意大利餅，怎麼樣？」

史提芬一味咿咿哦哦地支吾著，八著腳步，搖著頭，像一隻覺得這裡太乾旱的水鴨似的踱回船上。

然而，因為外面的電鑽委實過於昂貴，你不肯放過他。一看見他，還是笑容可掬地說：「史提芬，五十塊錢，另加一頓意大利餅，很充實的意大利餅啊！」

黃昏灰雲滾滾，海上吹著大風，我們坐在堤緣的木樁上，沒事就朝著史提芬的漁船喊：「史提芬，五十塊錢，一頓意大利餅……」

有喝得半醉的漁民，看見我們在叫，也過來湊趣亂叫一通。

史提芬縮在船艙裡不敢露面。

我對你笑道：「現在史提芬一定天天晚上夢見五十塊錢和意大利餅，好可憐！」

終於有一天，史提芬揮著手說：「好了好了，我讓給你就是了，我再不吃了那塊意大利餅，就要被那塊意大利餅吃掉了！」

那天晚上你多邀了幾個朋友，我們一行人浩浩蕩蕩地去吃意大利餅。

又一天，一大清早，史提芬雙手插腰，叉開腿站在甲板上，對岸上的人說：「好可憐的賊啊！你們聽說過這麼笨的賊嗎？到我的船上來，多少貴得可以教他發達的儀器他不偷，偏偏偷了我那破破爛爛一錢不值的電視機。我還正打算扔掉它買部新的呢！想必是個旱鴨子吧，船底下起點浪，他就暈頭轉向，抓著甚麼拿甚麼，可憐的靈魂！」

你經過時，向他叫道：「史提芬，你別可憐他，我的那些車輪和救生球，大概就是他偷的。」

你那些作為船舷和木樁之間的軟墊的車輪，和橙紅色的救生球，常被人偷去。整個港口，以瑞典籍夫婦菲力和羅拉的漁船航海力最強。他們是經驗豐富的漁民，去過許多地方捕魚，遠及阿拉斯加。

你希望將來有機會參加阿拉斯加的捕鯡魚行動。據說這個前後僅僅持續約七小時的捕魚作業，場面十分熱鬧壯觀。此種鯡魚的魚汛期極短，捕魚區又非常狹小，獲准捕魚的有四十多艘漁船，競爭相當劇烈。將魚獲全部出售給嗜食鯡魚卵的日本，可得豐厚利潤，捕魚權亦因此極為昂貴難得。

我希望有一天和你一起乘坐漁船環遊世界。

有幾天你向菲力學習捕蟹方法，每天上他的漁船向他請教。菲力相貌斯文，舉止雅重，單從外表判斷，絕對猜不出是一個技術高超的漁夫。梭沙立多的漁民當中你最敬服的就是他，尤其因為他甚麼都肯講，不像有些漁民的秘技自珍。當初就是他教你打繫泊的繩結的。他用一種約半公升容量白色帶蓋的塑膠罐子捕蟹，像這樣的罐子在甲板上堆成一堆。

你和菲力談論各種捕蟹問題，我就坐在船舷上看菲力的妻子羅拉編織繩索。膀子粗的繩索編結起來相當吃力。其中一個過程是把螺絲刀插入兩股繩索間，將其分開。這樣做必須有借力的支點。羅拉曳起上衣，露出白白的肚皮，將一個塑膠碟子反過來蓋在上面，插在褲腰間，再把螺絲刀的尖端抵住碟子的底部，藉以使出力度。這樣做著，她自己覺得很滑稽似的笑了起來。

有著北歐膚色和笑聲爽朗的羅拉，活潑明麗。有一次我們在堤上漫步，看見她的漁船從漸暗的海上歸來。暮色四合，飄著幾滴陰雨。漁船已經上燈。羅拉身穿黃色的防水衣，頭戴一頂白色的毛織帽子，手拈船纜一端，立在船頭，在噗噗的馬達聲中靠岸。風吹得她的衣衫拍拍地打著她的身軀，彷彿那就是那艘船的帆。黃昏在她身後像早晨一樣升了起來。

你在岸上大聲問她這一次的魚獲。

我們自己也作小規模的捕魚，由我從船尾垂下釣絲，以魚肉作餌釣魚。只要釣到兩三條小魚，午餐便解決了。運氣好的話，可以釣到大條的鯖魚。你多半做你自己的事情，偶然才和我一起垂釣，釣著魚，我總是問你一些愚蠢的問題，譬如說：魚為甚麼不能倒退著游？

船上有烹調的工具及作料，但我從不肯剖魚，每次都由你負責。你剖魚的功夫十分純熟。我想起小時候聽過大人們關於吃魚的一個迷信，認為如果將魚翻轉，海上便有人要翻船。迷信歸迷信，到底沒有切身關係，照樣將魚翻轉吃另一邊的肉。現在我自己吃魚，必定設法挑去魚骨，無論如何不翻魚身。看見別人翻魚身，心中便緊一緊，覺得不自在。

夜晚的漁港漁燈點點，每一艘點燈的船都有一種宮殿的意味。那波光水影，彷彿是海底的龍宮透出來的隱約的燈火。每當微風像要把海水吹涼似的吹一口氣，整個海便徐徐地摺了一摺。

我們躺在船橋上數星星。亮晶晶的星星像一些閃光的白石，散佈在黑色的沙灘上。第一幅航海圖就是根據星星完成的。

你說：「從前的人看見星星聯想到牛郎織女，現代人看見星星就聯想到星球大戰。」

在船上過夜，徹夜聽見異響。船纜刮著船緣，或者纜繩的纖維產生變化，發出在舊樓板上走動一般的聲音。我睡覺的地方是船員艙中的一個寢位，緊貼著船壁。有一種「波、波、波」脆亮飽滿的聲音，不斷在耳旁迴響，就像有一條龐大的魚起勁地吻著這條船，「波」的一下，又「波」的一下。

我第一次聽見的時候，吃了一驚，問道：「這是甚麼聲音？」

你說：「是海水拍打著船身的聲音。」

「真的？怎麼會是這樣的？」我覺得不可思議。

水聲似乎是永遠也說不完的。閉上眼睛，古老的搖櫓聲撥開繁密的蘆葦叢，悠悠盪入夢中。

早晨的漁港非常寧靜，淡灰的霧愁一樣地輕壓著港灣，不時聽見水禽撲翅的聲音。李察遜灣彼岸的蒂布朗、貝佛第爾以及更遠的安吉爾島，漸次顯露出蒼黑的山形，如同黑色的帆，緩緩自水底升起。站在堤上眺望，一大片船桅像船骨似的，被風啃得細細的。現代的漁船不再需要帆了。第一次世界大戰，商業帆船已然銷聲匿跡。沒有帆的桅杆，就像沒有旗的旗杆一樣，看起來總是有點寂寞。

這世界的造船史也就是一部船帆由升起到降落的歷史。如今的船桅，其作用限於無線電天線、信號燈、旗柱、卸貨用的支持等。船的建造比船帆更是遠昔的事情。據說太古的人類自浮在河川上的木片有所悟得，從而意識到水上交通工具的可能性。遠在金字塔出現在埃及之前，已有船隻出現在紅海的水面上。公元前五千年，地中海和波斯灣已有船隻航行其上。

我想，若不是船帆的沒落，我們大概還沒有領略到船桅之美吧！也許，對於某些人來說，船桅的姿形是過於蕭條了。它不像船帆的帆也有豐滿的時候。

有時我夢想著自己是你的妻子，在漁港目送你的漁船出海，視覺的幻象中沒有鼓盪的風帆，有的只是瘦竹似的船桅，在我心上投下長長的黑影。

船桅的尖端是整條船最高的地方。一條船無論向哪個方向行駛，它永遠是最後從地平線消失的部位；一條船無論航過多少海里，它所經歷的路程都最長。這一切無非因為地球是圓的。

但是，你是否發覺到，地球有時是平的，而且你已經走到了盡頭，若再往前去，便要失去整個地球？

我來到漁港，走到梭沙立多的海岸線，彷彿也走到了世界的盡頭，不能再往前跨越一步，只得任由漁船把你帶走。

我們在漁港度過的那些日子，注定我們日後必須分離，是否因為我們都發覺到，你所屬於的世界，永遠不能真正屬於我？看著你和其他的漁民談天、說笑，我也曾有過失落的感覺吧。在人前，你從不對我親熱，甚至也並不對我特別照顧。我知道這於我是好的。然而，我看不透你的心房的明室與暗廈。

我畢竟不能留住你，像海洋一樣地留住你。

你是海洋的市民，而我不是，這就是我們不同的地方。

長久以來，我思索著生命的中心的問題。

我以你為中心，在你周圍創造了一整個世界。我說，要有海，就有了海，我覺得海是好的，就把海和陸地分開。我說，海中要滋生有生命的物類，水面要浮載美麗的漁船。事就這樣成了。於是海中有魚群游動，水面有漁船漂盪。這一切我看著是好的。

而你是遠方的旅人，來到上帝所創造的世界，看見了海，就覺得海是好的。於是你指著海洋說：「我的心在那邊。」

06

小時候，我問我母親，一個人出生之前，和死了之後，是不是一樣的。我母親說：「在精神上應該是一樣的。」當時我想，既然我並不懼怕出生之前，自然也不必懼怕死亡之後了。自此我以為我已擺脫了死亡的恐懼。

我認識你時，你父親已故世三年。你深深悼念著他。在你父親的忌日，我們買了鮮花和點心前去上墳。你家中只有你一個人紀念這日子。墳場在遠離市區的一片高地上，草坡相連，外貌大同小異的墓碑整齊排列。你抽出小刀割除你父親墳前的長草。因為在漁船上工作的需要，你經常把小刀佩戴在腰間。離墓碑咫尺處，從泥地裡伶仃地長出一朵罌粟花。

你母親雖然尚在人世，墓碑卻已經準備好了。與你的父親的墓碑是從同一塊大石打造出來的。除了空著相框和卒期，其他字樣都已鐫刻齊全。舉目四顧，墳場中有一小部分其實都是生者的墓碑。

你說你想起從前去過的一些墳場，墓碑各有各的樣貌，從其中可感到生者對死者的追思。這些饒有人間味的墳場，坐落於離市區不遠處，平常散步亦可走到，只覺死者仍活在生者中間。人們可隨時探望死者的墳墓，在墳前默想，與那些逝去的人共同度過一個下午。那時你很喜歡到墳場散步。現在的許多墳場，不但墓碑趨於雷同，而且總是在一些冷清清人跡罕至的所在，把死者和生者遠遠地分開。其實生死何嘗隔得這樣遠。

輕風暖日，天空是淡白的藍色。我們坐在墓前的草地上吃著作過供品的肉包子，談著兒時的往事。你說中學時代的國文課本有一篇詩經小雅的蓼莪，至今仍能背誦全文，每次都深有所感。你父親對中國文學有專才，可惜時運乖蹇，未能發揮所長。然而他從不以此自苦，常跟你說：讀書人所學何事，但求心安而已。他帶你到郊外的河裡釣鱒魚。釣了魚，就在河邊搭起鍋灶煮魚粥。你以後再也沒嚐過那麼鮮美的魚粥。

你六歲時，你父親當了一個時期的輔警。有一天晚上，你母親為了等他下班，帶你去看夜場電影。是一齣恐怖片。你嚇得躲在椅子底下不敢出來。那之後幾年，你老是夢見自己在一間正在燃燒的屋子裡，被一隻渾身火紅的怪物追逐。屋子裡有一個水喉，你以那個水喉為目標拚命掙扎，可是每次將要成功之際，總是累得筋疲力盡地醒來。這惡夢繼續困擾著你的童年，直到有一天，你使出最大的氣力，抓住了水喉，把水喉扭開。

那怪物剛巧伸過手來，手指淋到了水，嗞嗞嚓嚓的一陣響，就這樣被澆滅了。你再也沒有做過這個夢。

有一年中秋節，你父親教你背誦蘇軾的水調歌頭。

你問你父親說，月亮有陰晴圓缺，那麼太陽呢？太陽是不是也有陰晴圓缺？

大概沒有吧，你父親說。

為甚麼月亮有陰晴圓缺太陽沒有陰晴圓缺呢？你又問道。

你父親說，月亮有陰晴圓缺，是我們親眼看見的，而太陽嘛……也許人類對於太陽遠不如對於月亮的了解吧，因為太陽太遠太熱了。

那時候你以為太陽和月亮是同一個，早上穿紅衣裳，晚上穿白衣裳。

你父親口述自己的生平，由你代筆，寫至「得一兒，欣喜過望，日夕以弄兒為樂……」，你忍不住泫然淚落。你想到父親對你的養育之恩，山高海深。

「往事已成塵，功罪安足論」——這是你父親囑咐你鐫刻在墓碑上的句子。我望著那兩行字，心中不禁一陣茫然。

你父親跟你說過，我們其實是追隨先人的足跡而來的。當年的淘金夢至今仍在我們的血液裡流動。隨著十九世紀中葉淘金熱的掀起，大批華人遠越重洋，踏上新土地，開墾、築路、掘礦、淘金。其後國事蜩螗，更有多少人避亂來此。這一切都只是為了一個求生的信念。你父親叫你不要忘記自己也生在亂世，要老老實實地做人。

亂世的人，愁深似海。

你雖以亂世的人自居，但你比你周圍的人都安穩。我一直找尋著那一股使你安穩的力量。

但願在現世之中，我能夠安安靜靜——過年了，走到市中心，許多人把過去一年的日曆紙撕成一片片，從窗口拋落街頭。我仰望著漫天徐徐飄下來的，破碎的日曆紙，許下了這樣的心願。

那年冬季裡的一個早晨，家裡響起了叩門聲。我去開門。你站在門外，說：「我們到海邊去。」

一路上你都沒有說話，只是默默地走著。我也無言地走在你身邊。你好像非常不快樂的樣子。海邊風大，你把身上的大衣脫下，分出一半，裹在我身上。我們在二十世紀末期的大風中相擁而行。

海灘很髒，微褐的泡沫被潮水帶上來，積在沙上久久不化。

「那就是海水污染。」你說。你踢了踢腳下小白蟹的屍骸，「這些生物也不能在海中生存了。」

每次你來這沙灘都感到吃驚。十多年前，當水線還沒有那麼高的時候，這沙灘曾經給你留下可愛的印象。然而，今日看來，連形狀也有些改變了。水線增高，沖上岸來的穢物也就更多。短短十幾年間，居然變得如此醜陋，實在是人為的災害的明證。

也許有一天，這世界再也不適合人類生存。

在航空公司工作逾幾十年的老臣子告訴你說，幾十年前的飛機，機窗很久才換一次，不像現在，飛一兩次就要換，因為空氣污染，機窗受損的程度很嚴重。

假如人類絕種，世上將佈滿昆蟲，你說。昆蟲的繁殖率比人類超出二十倍。

你相信人類堅強的生命力，但是，現代人的所作所為都帶著末日的感傷。

由於風大，雲霧散盡，向西方眺望，約三十里外法拉龍群島的輪廓依稀出現在海上。那是由一個大島、一個北島，以及一些小島組成的群島，被列為禽鳥及野生動植物保護區，長年在雲霧的籠罩中，非輕易可見。大島上建有一座燈塔。夜晚明亮的燈塔，對漁夫們來說是一個可愛的景象。他們經常把漁船駛到那一帶夜泊，翌日清早起來打魚。

前天晚上，你的一個朋友在海上捕魚，沉船死了，你告訴我說。

那艘船船底的內部有一大塊已經腐爛，然而，在外殼的掩遮下，誰也不曾覺察，一直也平安無事，想不到就在這一次出了意外。前天晚上，你朋友把漁船開到遠處的水域。海上起了大浪，部分腐爛的船底經不起兇猛的水勢，被海水湧了進來，船馬上就開始下沉。你的朋友和他的夥伴穿了救生衣，希望能遇到過往的船隻，可是，在海水中漂流了四個小時，始終未被發現。他們就這樣凍死了。

人在凍死之前，會產生奇異的幸福感。那種融融的溫暖的感覺，令人恨不得排除身上的一切羈絆，擁抱死亡。你朋友臨死極可能經歷過這種現象。他身上的衣服有用手撕裂的痕跡。他可能也想脫去救生衣，但救生衣的繩子被衣服纏住。其時他的氣力已經所剩無幾，不然他就不是被凍死的，而是被淹死的。

他是你被海洋奪去生命的第二個朋友。你以前有一個朋友，在裝置捕蟹罐的時候受到大白鯊的襲擊，受傷死亡。當時他的人浮在船邊，下半身浸在水裡，上半身露出水面。突然從海裡竄出一條大白鯊，將他攔腰咬住。也許牠不喜歡潛水衣的味道吧，牠馬上鬆了口。然而，待你的朋友被船上的人救起，已為時不及，他終於流血過多而死。

你的朋友的死亡，也許使你聯想到自己將來也會死在海上。

「你怕死嗎？」我說。

你沉默了片刻，道：「對生既然有恐懼，對死自然也有恐懼了。」

「我真希望我不怕死。」

「我只知道我不願意像我的朋友一樣，也死在海上。將來我年紀大了，總是會回來的。」

「既然喜歡海洋，何必還要回來？」

「生前在海上漂流，死後就不要再漂流了。」

一小隊磯鷸在濕沙上迅速跑過。若非海潮喧噪，或可聽見牠們脆薄的笛音似的鳴聲。那些體形比知更鳥還要小的磯鷸，走路像跑步一樣，跑起來上身不動，光是兩隻小腳飛快地交錯而行，十分可愛。沙灘上，海鷗的爪印以及脫落的鳥羽，隨處可見。

我們一邊走著，一邊拾沙錢。這種灰白色、形狀像一塊錢幣的棘皮動物，生活於淺沙之中，備受浪濤擺佈，所以完整的沙錢不容易找到。沙錢的正面是排列成星形的呼吸管，反面那微凹的葉脈似的紋路就是食道，負責把食物引導至中央的小洞，也就是沙錢的口。我們每次到沙灘來，不撿貝殼而撿沙錢，好不容易才撿到一個有五支呼吸管的。那是已經長成的沙錢，甚為難得。

後來你拾到一片淺藍色半透明的破玻璃片，上面有這樣的字樣：

FEBRUARY 21, 1906 IN U.S.A. PAT OFFICE.

我們都暗自詫嘆。一九〇六年正是這個城市發生大地震的那一年。這七十多年來，這塊玻璃片也許一直在海洋中打滾。玻璃的邊緣圓溜溜的十分光滑。現在像這樣又厚又結實的玻璃已不多見了。

一九〇六年四月十八日凌晨五時許發生在這個城市的大地震，引起普遍的恐慌，洛杉磯西雅圖陸沉、紐約焚燒、三藩市整個被吞沒等等謠言滿天飛。有人相信世界末日已經降臨。這一次是美國歷史上最嚴重的一次大地震，死亡人數一般記載為五百，事實上不止兩千。

自從我來到這個城市，就感到災難發生前的壓力，刻不離身。坐落於聖安德烈斯斷層附近的三藩市，地震的可能性並不是一件遙遠的、不可想像的事。對於地震的恐懼感，已經完全化入此地居民日常生活的感情纖維之中。日復一日，他們在懸疑的不安中生活著，不知道災難甚麼時候降臨。

曾有一個時期，我把家裡所能找到的瓶瓶罐罐全部儲滿了水，以備不時之需。家裡大多是玻璃罐。雖然明知塑膠罐比較好，卻又未至於特為此買些塑膠罐回來。我只是不徹底地為自己不可靠的生存盡盡人事。我因為怕你取笑，一直不敢告訴你。我原是這樣膽小無用的一個人。我想我實在是有點怕死。

「你知道災難發生的時候，最可怕的是甚麼嗎？」你問我說。

「我不知道。」我說。

「最可怕的是人。那時候，誰是人，誰是獸，馬上就可以分得很清楚。有人為了一滴水自相殘殺，穿著軍服假公濟私，趁火打劫的更不知有多少，所以你千萬要小心謹慎。」

有人預言不久的將來，這裡將再度發生大地震。

全長七百五十餘里的聖安德烈斯斷層，自加州西北沿海岸地區伸展到加州東南近墨西哥邊境處，乃美洲地殼與大西洋地殼之間的部分邊界。在過去一千五百萬年間，加州海岸連同大西洋地殼已向西北移位一百九十里。現在沿著這條斷層，每年平均約有二至二又四分之一寸的變位。一九〇六年三藩市發生大地震，就是因為大西洋地殼突然向北移位十八尺。其時，電源斷絕，全城陷入黑暗之中，地層搖撼，馬路像波浪一樣翻騰，樓房倒塌，鐵路傾覆，沿岸樹齡高達兩千年的紅杉歪頽在地，大火焚燒四日……

我想，那一定就是世界末日一般感覺。

可蘭經這樣形容世界末日：「……太陽摺疊，星辰墜落，山巒搖撼，海水沸騰……」你看過之後說：「詩有時比事實更真。」

到唐人街途中的行車天橋上，曾經看見的那一幅絕美的城市景觀，忽然又掠過腦海。這個嬌媚華麗的城市是否也會像一千九百年前的龐貝古城，毀於一旦？

我想到人與最愛的事物始終還是要分離，不覺有點悲傷起來。

你叫我災難發生時，不要驚慌，盡快逃到空曠的所在。假如時間上來不及，當選擇有支柱的地方躲避，如門框底下。事後不要忘記關閉煤氣管，防止火災。將來你會給我一把扳鉗子作此用途。所有的容器都要盛滿水。你叫我床頭的牆壁不可懸掛重物，床頭附近也不可放置書架等有相當高度的傢具。

「沒有甚麼比食水更重要。」你說。「若我們兩人之間的食水，只足夠一人飲用，我一定會讓給你，我自己會照顧自己的。」

「你知道怎樣尋找食水嗎？有海洋的地方，總有河流，因為這世界的溪河都是從山下流下來，再流入大海的。那時候，也許只剩下你自己一個人了，無論如何，你要努力求生。只要沿著海邊，從這裡一直向南走，總有一天會走到河流匯入海洋的地方。河流會將你帶到水源的。」

你握著我的手，如此為我的生存擔憂。我胸中忽然充滿了一種悲壯之感。我覺得自己甚至可以屹立於末日的餘灰之中，安安靜靜，沒有眼淚。

你答應我，無論你在甚麼地方，你都會立刻趕來；我們若失散了，你就沿著海岸到南方尋我。那時我們就在海邊相遇。我也答應你，假如我沒有了你的消息，我便獨自駕舟，飄揚出海，到天涯海角去尋你。這就是我們之間末日的盟約。

那天我們在海邊，在二十世紀末期的大風中，說著不著邊際的夢話，將災難變成美麗的神蹟。或者你急於答應我一些甚麼。不然，為何你忘了提醒我，這一切不過是一場空，說過之後就算了？而我總是以為，所謂盟約，原是天長地久的。

與你在一起的最後一段日子，我所感到的絕望與無奈，使我甚至渴望災難的降臨。天崩地裂，水沸山騰，毀滅你的漁港，你的漁船，你所愛的一切，把你交還給我。

我竟不知道，我當時所渴望毀滅的，竟然就是你。

如今，讓我在心中，把你交還給大海，把你的漁船，交給我看不見的遠方；讓如飛的歲月，帶你走遍千山萬水。

來日大難，也許我和你都化成了灰。

07

我在大學裡的第三年學期末，你的表妹結婚，我居住的單位被收回作為新婚夫婦的居所。我搬到另外的住處。就在此前後，你的漁船出海了。

你辭去航空公司的職位，專業從事商業捕魚，每次出海或兩三天，或十多天不等。你出海前，往往通知我一聲。我已學會駕車，取得駕駛執照，買了一輛便宜的二手車。你要是作長期的遠洋捕魚，我總是駕車到漁港給你送行。我立在岸上，看著你的漁船遠去，就好像漸漸失去你一樣，心裡說不出的難受。

出海的時間很難算得準。有時我到了漁港，你尚未完成準備工作，忙來忙去，也沒時間答理我。我無聊地到處走走，餵海鷗吃餅乾，有幾次等了許久。你叫我不要再去送你了，反正你來來去去的，送不送都一樣。但我不肯。我說我喜歡漁港的送別。

你的漁船還是叫做「克莉斯汀」。因為在漁船準備就緒的時候，正值繁忙的捕魚季，你趕著出海，換名手續便暫且擱下。在你航出某個水域以前，我可以借用其他漁船的無線電與你通話。其實我也沒有甚麼要和你說的，不外是囑咐你小心，祝你好運這一類說過又說的話。

我過著長時間沒有你的日子，每日都想念著你。在路上走著，也會停足觀望天空。天空無雲，海上必然大風，因為雲都被風吹散了。這是你從前告訴我的。

我的新居進門處有一條長長的走廊，盡頭是一個長方形約一百二十平方英尺的客廳，客廳左邊是臥室和廚房。書桌緊挨著客廳的東牆，一排玻璃窗，開向屋後的小院子。晨光照射進來，把途中所有的影子也帶進屋裡來。一半水泥地，一半泥地的後院，種著幾株矮瘦的玫瑰。開花的時候，就彷彿那棵植物的心緩緩地開了。我常坐在書桌前發呆，夢想著將來與你一起出海捕魚的日子。有一種灰藍色的小鳥在後院大搖大擺地踱步，像是在牠自己的家裡似的。較遠處是人家樓房的背面，有人在後騎樓晾衣裳。只要注意那衣裳擺動的姿態，即可略知當天的風勢。我望著那翻飛的衣裳，有時無緣無故地哭泣起來。

大霧的夜晚，窗戶蒙上一層水紗。汪作一團的街燈，船燈似的，浮在夜海一般的黑暗之中；你的船燈，想必也正浮在黑暗的夜海上，如一團黃霧，遇風即散。你說天晴時海上的月亮，與陸上的那個是絕對不一樣的。就好像太陽突然在晚間升了起來。白色的太陽照得水面銀閃閃的一片陽光。有時月亮又顯得非常小，僅只是一顆稍大的星星。但千萬不要是一顆隕星。在古老的迷信中，隕星預言風暴的來臨。

你捕魚回來，還要親自把魚載到零售商的商店去賣。待你把特別揀選的魚送來給我，往往已經累得筋疲力盡，站都站不穩，須睡一覺醒來，方才有精神告訴我這一次捕魚的經過。

我把我家的鑰匙給你配了一副，好讓你在我外出時，也可自由出入。我一進門，只要嗅到魚腥味，就知道你來了。你每逢捕魚歸來，身上的魚腥味總是很重。有一次我早晨起床，走出客廳，發現你靴也沒脫，連衣躺在沙發上，已經睡熟了。你身上一股子魚腥味，鬍子已多天沒有刮，頭髮又亂又髒，人也曬黑了。我拿了一把常備在家的尤加利葉，放在鍋裡煮。不多久，微辛的清香漾滿空間。我坐在沙發前面的地板上，靜靜地看著你睡。朝陽把細微的影子，印在你的臉上。你睡得極深。

我覺得非常幸福。

你再度出海之前，雖有短暫的空閒，卻也有許多雜務等著辦理，只能抽出一天半日陪我聊聊天，吃吃麵，散散步。我記得我家附近人行道的石板縫野生著一種細絨般的青苔，你很喜歡，會蹲下來摸摸它，臉上露出溫柔的表情。你說將來你家的院子要種滿這種青苔。

我們常去的地方是一排陡斜的樓梯。那是橫切過一條盤山而建的街道的捷徑。每次我們到那裡去，就說：「到樓梯那邊去。」我一直想數一數那樓梯總共有多少級。

樓梯兩旁沿著斜坡植滿松樹。我們走到最高，坐在佈滿松針的梯級上，俯瞰沿海地區的全景。在那裡看來，彷彿天空很多而地很少。井然的街道及樓房，乾淨的馬路，翠綠的遠樹和青青的山，令人覺得真是好一片太平盛世。一隻白鷗像完成壯舉一般，悠悠橫越整個區域。海洋在陸地與陸地之間，呈現各種光暗面貌。你指著前方說，海陸交會處，若是白頭浪特別多，即表示岩岸險巇，等閒莫近。

然後你又走了，乘著退潮出金門橋，航入海洋。這樣便可借潮力增進船速。同樣地，你趁著漲潮時潮水進灣的時候進灣。金山灣的水流極強，最快時達四海里。以距金門橋約三英里的龐尼塔角為起點，計算至入港停泊，順潮只需三十至四十五分鐘，逆潮則需時三小時十五分鐘。

我已習慣了在漁港時，留意佇立水中的圓木樁上，那濕印的長短。若是水線以上露出一大截濕印，我便知道正是退潮。退潮的時候你是不會回來的。

你曾經告訴我，最強、最高和最低的潮，都是在春天。潮汐以二十四小時五十分鐘為一個循環。在這段時間以內，潮水漲退各兩次。滿月之日，水位升至標準以上六尺，是為滿潮。月蝕引起小潮，水位降至標準以下二尺。潮汐的訊息由於暗合自然萬物的消長榮枯，自古以來被認為與人類的命運結怨交歡。潮漲象徵生命、豐盈、充溢，潮退象徵死亡、衰微、貧乏。法國西北部不列塔尼的農民相信苜蓿須在漲潮時播種方能茂盛成長，否則將夭折。他們的妻子相信水位偏高時製成的牛油品質最佳。此時由水井取得的水，從牛身擠得的牛奶，將在鍋中煮至沸騰，滿溢出來。攪乳器中的牛奶將不斷起泡，直至高潮過去。葡萄牙、威爾斯及不列塔尼沿岸的人，認為人在潮漲的時候誕生，潮退的時候死亡。

對於我來說，潮退象徵你的離去，潮漲象徵你的歸來。

一年一度的鯡魚季，自一月開始，至三月止，屬近海作業，你不必把船駛出金門橋，只在金山灣、金銀島一帶逡巡。青綠泛黑、銀身白腹、以甲殼類動物為主要糧食的鯡魚，部分時間居住於深水之中，然後移往沿岸的淺水域產卵。成千上萬的鯡魚游近水面，發出冷光，吸引了漁民的注意力。從水鳥盤旋的位置，亦可推測魚群出現的方向。日本人喜歡用鯡魚的魚卵做壽司，因此，所得的鯡魚卵大多出售日本。

或者你航向深海，捕捉生活於水底石間、海岸山脈的谷壑中的石頭鱸。這種饕餮的魚類，於冬季產卵，能在深海中生存。為了捕捉石頭鱸，你出入深水礁、法拉龍群島、雷斯角以西二十五哩的柯特爾灘。雷斯角位於三藩市西北西。天氣想必很冷吧！你穿著厚毛衣，戴著毛線帽子，腳上套著防水靴，也許正在注視著魚群檢波器的畫面。那一具利用超音波探測魚群的儀器，按下了掣，畫面上立刻亮起了各種顏色圖案，顯示出海底的形態、魚群的方位等等，活動範圍達一千二百潯的深海。

春夏捕鮭魚，利用輪轉線捕魚法，以半速前進的漁船帶動餵了餌的魚絲，跟隨寒流，沿著約十潯的淺水航行。所至之處，北及波林娜斯、北島、雷斯角、波德各灣、布萊格堡，南及蒙得勒灣、聖克魯斯、新年島、半月灣、聖彼得角。這正是鮭魚離開海洋，逆流返回淡水域產卵的季節。武勇的鮭魚，一旦上鈎便劇烈掙扎，以求逃脫。有一次，你與牠們鬥力之際，撞傷了膝蓋，瘸了好幾天。

七月至十一月是捕鮪魚的月份。鮪魚屬鯖魚族，最重要的商業品種包括大青花魚、長鰭、黃鰭等，是世界上最快速的魚類之一，游動時速可達四十五英里，肌肉結實，追隨暖流，喜歡游近水面覓食。捕捉鮪魚，須採用長線多釣魚法，漁船幾以全速前進，途中絕不停留。據說大規模的捕鮪魚行動，漁線長及七十五英里，漁鈎有兩千多個。

三藩市西南有兩座海底山，間接參與捕鮪魚行動，助漁民一臂之力。派因尼亞山山高七百七十英尺，珓特山幾及一千六百五十英尺，水底的暗流遇山即向上湧出，把大量營養料及有機生物帶到水面，吸引無數小魚圍飼。小魚又吸引來水面覓食的鮪魚。因此，漁民只須注意暗流的動態，便可大略估計鮪魚的行踪。你通過探測水溫的儀器，測知何處有暗流上湧。

你在海上，捕甚麼魚，吃甚麼魚，吃膩了，便吃自己準備的罐頭。有時我弄一些三明治沙拉一類的讓你帶去。每次你都收集一大堆報紙和書到船上看。你說你喜歡海上的夜泊，彷彿只有你一個人在無邊的大海上，使你感到靈台清明，無一點俗慮沾身。也許，那種安寧與滿足，才是你所真正追求的。

待此地的捕魚季將要完成一個循環，我也快要畢業了。

「畢業之後，有甚麼打算？」有一次，你這樣問我。

「跟你去打魚呀！我們不是說好了嗎？」我說。
「你不回家，你家人不會著急嗎？」
「這你就別管了。」
「他們知道我嗎？」你說。
我雖然沒有明確地告訴我的家人關於我們的事情，但我知道他們是絕對不會贊成我和一個漁夫在一起的。
我久久無言。
「難道你跟我去打魚，打一輩子嗎？」
「這又有甚麼不可以的？」
「唉，不是這麼容易的。」
你開始向我解釋，捕魚的生活非常艱苦，不但風吹雨打，日曬雨淋，生命沒有保障，而且魚市動盪，收入不固定。目前你的理想入息是每年兩萬。那是除掉費用之後和納稅以前的數目。要達到這個理想，每年的總收入須在四萬以上。這是你從前在航空公司的年薪。也就是說，你當漁夫後的入息比當機械工程師的時候少了一倍。不過，經濟上的顧慮還屬其次，主要是你覺得捕魚生涯實在並不適合我。

「那麼你當初為甚麼又答應我？」我說。

「那時候，我還沒有想清楚。」

「但我已經想清楚了。」

「你把事情想得太簡單了。」

「有甚麼要那麼複雜呢？」

「你還這麼年輕，還有長遠的未來，你怎麼知道沒有更適合你的生活方式呢？」

「你不願意我跟你去，怕我妨礙你，是不是？」

「我只是不願意耽誤你。」

「我又不是為了你。我是為了我自己。」

「你真的那麼喜歡打魚嗎？」

「你喜歡，我也會喜歡的。」

「我跟你不同。我的年紀比你大得多。我出去見過世面，經歷過人情世故，心情自然跟你不一樣。你才剛剛唸完書，還沒有踏足社會，談不上甚麼人生經驗，現在就來說甚麼打魚打一輩子，不是嫌太早了嗎？」

「難道就這樣算了？以往的一切都不算數？既然是這樣，為甚麼當初你又和我好？

為甚麼你又和我在一起？」

你不做聲。半晌，方才嘆了一口氣，道：「有些事情，是連我自己都始料不及的。」

頓了一頓，我說：「如果你真的不願意我跟你去，我可以留下來，找一份工作，我們還是……還是……」

「唉，這是不切實際的……你將來會後悔的。」

「我不會後悔的，為了你，我甚麼都肯。」

沉默了一會，你說：「我甚麼都能接受，就是不能接受犧牲。」

我們之間，類似的爭執越來越多，有時甚至是不歡而散。我初次驚覺到也許我們在一起的日子，將要結束。然而，當其時，這種意識尚是模糊的。驕傲而天真的我，以為總能夠令你回心轉意。但是，愈接近學期的尾聲，我的心情愈焦急，將要失去你的預感，使我對未來的信心發生強烈的動搖。我變得口不擇言，故意說話傷害你。你用道理開解我，然而，在一些實際的感情處境中，所謂道理是不敷用的。你雖然不同我計較，可是，在你的內心，你一定覺得我還只是一個不懂事的小孩子吧。

「為甚麼我們不能永遠在一起？」我老是問你這種孩子氣的、叫你難以回答的話。

你對我的態度開始轉變。出入漁港，每次都是匆匆忙忙；出海前，打電話通知我，時間扣得很緊，以致我無法去給你送行。你在岸上的時候，也總是有忙不完的事情，我們見面的機會越來越少。即使見面，你也常常是若有所思的，臉色有些陰鬱。有時我覺得忽然好像不認識你似的，我懼怕那種感覺。

那天，我考完畢業試最後一科，完成大學哲學系的課程，興高采烈地到漁港去尋你。那是我們事先說好的。然而，到了漁港，相識的漁民告訴我說，你已趁著前一天晚上的退潮出海了。這是第一次，你不辭而別。我望著茫茫大海，忽然好像來到了世界的盡頭，並且跨出了那不該跨出的一步。

一夕之間，整個世界都變了。現在我已不大去想那些接下來的日子。其實我很少去想那些只有我而沒有你的日子。我記得有好幾個晚上，因為哭泣無法成眠，在黑沉沉的房間裡倦極入睡；白天就呆望著人家後騎樓晾著的衣裳，想你此刻不知在哪裡。

我思索著我們之間的事情，企圖從其中發現一些可以改變的地方。但是，這樣做，無疑是徒勞而蒼涼的。我幻想著與你一起出海捕魚，幻想得太久了，以至於把未來的希望，完全寄託於幻想之中。幻想中的事物沒有血肉的感覺。當面對你的時候，有可能我只是愛上了你的虛的一面，你的神的一面，你的尚未發生的一面嗎？我以為只要全心全意地愛就行了，只要不顧一切地愛就行了，只要相信自己在愛，就行了。

豈知人間並沒有這樣的愛。

我還記得那個清晴的上午，我坐在書桌前無聊地看著一本書，因為心中有事，老是看著同一頁。忽然之間，我聽見你用我給你的鑰匙，靜靜地開門進來。我等待著，一直沒有回頭。一股濃濃的魚腥味向我襲來，那感覺如此熟悉，以至於我忽然有一種恍如夢中之感。你無聲地來到我的背後，站了一會，說：「我不是有心的。」然後你不再多說甚麼，把手伸前，默默地將鑰匙放在桌面。我注視著那枚鑰匙，直到你離去之後，方才伏在桌上大哭。

我知道我已無法留在此地，但是，我又提不起精神為回家準備一切。我忽然不知道應該如何生活才好。有時候，我無緣無故地走出去，在街上漫無目的地走著，或者毫無防備地哭泣起來。原以為出外走走，或可使情緒平靜一些，然而，坐在公車上，眼淚就像流不完似的，從起站流到終站，以至於後來我也不敢再出去了。

我以為再也不會見到你，沒有料到，會在這樣一個甚至是有點荒謬的情形之下，見你最後一面。那天，大約是我們分手之後半個月，我在廚房洗食具，水龍頭冷水一邊的手掣突然彈了出來，一條水柱子筆直的噴湧而出，勁度極強，水點濺到手上都發疼。一剎那間，整個廚房濕了一大片。我手忙腳亂地找來一塊抹布，試圖把缺口堵住。因為水勢過猛，必須花費極大的力氣，不一會兒，已經感到有點支持不住了。除了手掣的缺口，水喉又不斷有水流出，盥洗池裡的水又去得極慢，只要緩一緩氣，池子便有水滿之患。再不想辦法把水止住，整個廚房都要遭到氾濫。我把所有的朋友逐一考慮了一遍，唯有你，我完全相信你有這個能力。可是，也不知你是在岸上，還是在船上；即令在岸上，也不一定就在家裡。要找到你是不容易的。但我實在無法可想，忙衝出去把電話機搬進廚房，所幸電話線的長度足夠。僅僅這一瞬間，水又噴得到處都是。我一隻手堵住缺口，一隻手撥電話，緊張地聆聽著另一邊的鈴響。竟是你接聽電話。我簡直不相信這是真的，霎時間竟說不出話來。「喂？是誰？」你又說。我只覺心裡陡然湧起了千愁萬緒，不由得哭了。你甚麼都沒問，就說：「我馬上過來。」

我渾身上下沒有一處不是濕的，等你等了許久，心情愈發焦灼。早晨的陽光卻是舒緩無事，照進淺黃色的廚房，整個調子非常暖和，又非常明朗，使人有很亮的光的感覺。我忽然想起忘記叫你把工具箱帶來，正在發急，卻聽見門鈴聲，心裡也不知是甚麼感覺。你從來不需要按我家的門鈴。現在你把鑰匙還了我，自然和其他人一樣需要按門鈴了。我慌忙向外跑，因為鞋底滑，幾乎在走廊上摔一跤。我開了門，看也不看你一眼，又忙不迭趕回去堵住缺口。你走進廚房，看見我這狼狽的樣子，說：「你沒事吧？」我甚麼都顧不得了，撲在你懷中大哭起來，從缺口噴出的水驟雨似的打在我們兩人身上。你把我帶開，任由我在你身上哭了一會，拍拍我的肩膀說：「我先去把水喉總掣閉掉。」

「我忘了叫你把工具箱帶來了。」我說。

「不要緊，在車子上。」

你找了一會，方才在屋外人行道上的一塊鐵板底下找到水管總掣。幸而房東一家都不在家，不會有人用水。沒有了水聲，整個地方忽然變得寂靜無比。

檢查著水龍頭，你拈起一個指頭大小的黑膠圈說：「這個東西太舊了，已經磨得一點彈性都沒有了，我同你去買一個新的吧！」

我想起我們剛認識不久的時候，你替我修暖氣機，也是我們一起去買零件；家裡有甚麼壞了，都是你替我修好。我心中的感覺真是難以言喻。

後來我們就到樓梯那邊去。上到最高，眺望遠處的海洋，一時只覺人事全非。這一次，我仍然忘記數一數那樓梯到底有多少級。我們靜靜地坐在一起。我沒有問你甚麼時候再出海，也沒問你上一次出海，你是甚麼時候回來的。

我想挽留你，但我的力量，勝不了一個海洋。你可知道在等待的日子中，我遠望大海，彷彿看見了自己的一生。如今，我像當日遠望大海一樣遠望從前，看見自己為你哭泣，哭得腰斷腸裂，心都碎了。那些在當日認為永遠也不會過去的、身心的創痛，現在已不值一提。

有時候，我想，如果這個世界沒有海洋就好了，如果能夠沒有船，就好了，沒有漁港，沒有漁船，沒有魚，沒有你，也沒有我……

我似乎永遠是站在岸邊，看著你的漁船，離我遠去。立在漁船的甲板上的，就是你嗎？你看見了我，卻沒有把船停下來。你只是不懷抱任何希望地望著我。我們之間的距離，愈拉愈遠，終於被海水填沒。我知道你永遠也不會再回來。

真正到了離別的時候，反而是平淡的。我心中有話對你說，卻沒有說。因為我的無知，我也曾刺痛過你的心吧！也許，對於你，我實在是太年輕了。我是不會懂得你的心情的。我應該讓你安心去捕魚，讓你到大海上，自由地找尋。

不久之後，我就離開了你，回到我自己的家。

08

能夠為了一個心中的世界，將一生拋棄，我覺得是幸福的。

我曾經將自己的生命圍繞你，創造了一個世界。我說，太陽對你是好的，就有了太陽。我要太陽做你生命中的亮光。我說，讓月亮照明你的航線，星辰指引你的方向，事就這樣成了。這一切我看著是好的，有太陽，有月亮，有星星。我要你腳下踏著土地，上面有天空護蔭，你要在天地之間，做一個自由快樂的人。我說，讓海鷗做你的鳥，讓魚類做你的糧，讓船做你的家，讓海洋做你的夢，然後，讓我做你的妻。我們之間有末日的盟約，天地是我們的明證。

我也曾經看著一個世界，像一個地震的城，毀於一旦。

其實我並不後悔。

回家月餘，我收到你寄給我的一封信。或者這樣是好的，你說，誰是誰非，不必再去追究。未免造成將來更大的痛苦，你不得不這樣做，希望我能諒解。

你說，近日你有遲暮之感了，但我無疑是年輕的，雖則發生了與你之間的事情，我的生命依舊完整，我應該盡快把你忘記，好好地生活下去。

你說你對不起我。

讀著信，我的眼淚止不住地流下來。從你的字跡中，我覺出了漁船的顛簸。當你從燈光的船艙望出窗外，看見的，想必是黑沉沉的、無邊的大海。

難道這就是你人生的窗外，永恆的景色。

你離我遠去了。

對前途感到漠然的我，找了一份與自己的所學無關的職業，安份地做著。我生活在烏煙瘴氣的城市之中，於塵埃飛揚的街道行走，與周圍的事物，沒有一點關係。

自從失去你，我與外面的世界是無緣的。我生活於過去之中，有時倒也高高興興。閉上眼睛，想像你就在眼前，你的音容笑貌，如此真實，彷彿一伸手便可觸及。

我不想再到外面的世界去。

我在自己生活的圈子裡，也遇見過一些男孩。與他們交往的過程中，我總是忍不住念念於你。他們如何能夠跟你相比呢，我這樣想著，暗暗嘆息。

世上只有一個你。

因為有過你，我與世上所有的女子都是不一樣的。

雖然明知你不在此地，在街上走著，我也會暗中張望，妄想與你不期而遇。看見身形酷似你的背影，我心跳著追上前去，癡迷不悟。

我無法忘記你。

人類執著於自己的所愛，是否因為所愛的事物完成了自己？果真如此，被你拒絕之後，我感到自己被否定，原是自然的結果。我失去自信和勇氣，同時亦失去與人交往的能力。有時我覺得自己彷彿並不存在於這個世界上。與人在一起，我尤其如此。

這樣生活下去是痛苦的。結束自己的生命的意念，在腦海中徘徊了許多時日。但是，自小便懼怕死亡的我，沒有勇氣毀滅自己溫暖的血肉之軀。也惟有這一副清醒的血肉，忠於我對你的回憶，雖然你或許早已把我忘記。

為甚麼我如此愛你？

我常常想，人生最重要的，到底是甚麼？我將你放在生命的中心，是否就是我今生決定性的錯誤？

這世上，甚麼都是自己一個人去承擔。隨著時日消逝，我把整件事情的前因後果，翻來覆去想得很清楚。我無法改變自己。被命運之神的手按在頭頂上，身為人的我，沒有說話的餘地。我生活得不清爽，也不端莊。你叫我老老實實地做人，但我意興蕭索。有時，想到自己的惡劣處，我知道你是不會喜歡的，心裡覺得非常難過。我辜負你對待我的苦心了。

在社會中工作，我發現自己更多的不足處。當初，我恐怕也有許多令你失望的地方吧。相愛難，相知更難，其實我又何嘗真正地了解過你。

我想你也許非常寂寞。

而我卻彷彿是永遠的旁觀者，看著我周圍的人，要好了又分手，結婚了又離婚，倒也平安無事地活了下來。我也想過，不如把你忘記了也就算了，從此不再想念你也就算了，就當甚麼都沒有發生過，也就算了。過往那一重重愛恨、恩怨，都不過是匆匆的流水，一去不回。我對你的愛，始終亦要成為過去。

然而，縱使我聽從父母的意見，找尋婚姻的對象又如何？縱使我的下半生過得和樂安穩，又如何？

人生的一切，不過如是；你在我心目中，卻永遠是最好的。

所以我覺得，與其庸碌無能地生活下去，倒不如化為一隻失群的孤雁，以我的一生，尋找你流浪的方向，穿過長空的沉寂與秋雲的聚散，飛入你千山摺疊的眉峰之間。不如以我一生的碧血，為你在天際，血染一次無限好的、美麗的夕陽；再以一生的清淚，在寒冷的冬天，為你下一場，大雪白茫茫。

讓我在夢中，最後一次擁抱你。縱然愛是有限的，我也願以一生的愛，化解你無窮的悲哀。

我真的愛你。

09

相傳古時有一名姓石的女子，丈夫姓尤，欲從商遠行，女子阻止他前往，他不聽從，結果這一去，許久沒有回來。女子憂思成疾，臨終之時，感嘆道：「這全是我未能阻止他前往所致，如今凡有商旅遠行，我必化為大風，為天下女子阻斷其行程。」

當日我確曾希望化為一陣石尤風，令你的漁船受阻。

年少的我，誤虛為實，視夢想為美麗的真理，即使像海市蜃樓一樣只存在於自然現象的解釋裡，也認為那是一種真實。多年後的今天，我重回梭沙立多，對於過往所發生的事情，尋思其所以然，並未感覺到困惑。我反而覺得那就像海市蜃樓的解釋一樣，簡單明瞭，同時不失其奧妙。如果青春是一座結滿金果的園林，我未能摘得那果實；但若我在每日的陽光中重睹那亮金的光華，則我相信我並未誤解青春的真義。

我曾經以為我永遠也不會改變。人類在萬變之中尋求永恆的事物，欲從其中體悟生命不滅的意義；在平淡的生活裡求變，卻又是為了證實生命的脈動並未止歇。這些年來，我竭力為你保留一顆不渝的心，但願在世事變幻中如塵埃落定，以應四周的飛揚與熙攘。因為我相信愛情原可超越七情六慾；從愛慾中，可培養禪心。

愛情應該是令人振奮的，你曾經對我說。我想著你說過的話，彷彿看見我們的往事，經過回憶的渲染和幻想的鋪排，一如水中之月碎而且多，充滿了整個水面。我把手探入水裡撈尋，開始明白最美麗的世界，永遠只可存在於心中，如今我已失去我的玫瑰色的世界。我豈不知玫瑰的顏色原是根據自然界萬物生息的原理轉濃褪淡？原來我只是沒有勇氣放棄堅持，面對並且接受人類的命運因循一棵植物的生命歷程乃千古不易的事實。

日月穿梭，我的經歷乏善可陳，心路歷程卻無疑曲折多彎。從堅持變成耿耿執著於堅持，究竟自何時始，已然無法分曉。由一個夢想繁殖的領域踏入一個虛構夢想的境地，那卻是可以預料的。為了新生，我決定回到這裡來。

我回來的時候，鮭魚季節剛剛開始，許多漁船都出海了。鮭魚是思鄉的，有人說。牠們自海洋游向出生的水域，在出生的地方死亡。然而，以我目前的心情而論，與其將鮭魚的回歸轉託於人類思想感情的系統，詮釋為懷鄉的情操，倒不如將其視作生物的官能構造，與大自然循環動作之間天衣無縫的契機，更為純潔動人。此時的鮭魚，與我離開此地時的鮭魚，已不知相隔幾代。

我們的年紀都漸漸大了。岸上的歲月，已離去遠去。或者你想著就此一條船，一個人，在海上度過餘生。每當你的漁船出海，回望岸上層層的燈火，你是否覺得那就是你的前塵往事，漸漸變得像星星一樣冷而遠。

再相見時，想必恍如隔世。

那日我在街頭行走，不免戚戚於城市的風貌依舊而昨日的自己不再。正當此際，卻無意間碰見睽違多年的你的表妹。時間過得真快，她的孩子都那麼大了。我們本就不算十分相熟，只站在街頭略為寒暄。臨分手，她用奇異的目光注視著我說，你的漁船以我的英文名字為號。

我聽見之後，不禁百感交集。

為免碰見舊相識，我沒有到那個你慣常停泊的碼頭去，雖則我無從知道，你是否仍然租用那個碼頭。我惟有對那明朗光輝的海洋，作遙遙的遠望。昔日在漁港送你出海的情景，又完美無瑕地浮現眼前。

我望著春天的海洋，就好像見到了你一樣。我想，我終於與你的捕魚生涯，合而為一。我不知道這是否包涵著任何象徵意義，但是，以我的名字命名的、你的漁船，確實在我的心裡化成了一首美麗的象徵之歌。你出現在我的生命之中，原是為了陪我走一段路，看著我成長。你離我而去，也只是為了成全我，讓我獨自承擔自己的生命，體現我在你身上所領悟的一切，清潔勇敢如新生。

現在我已不想再見你。我們生存於這個世界上，憂喜參半，有更多的事情，分不清其哀樂。讓我們走向各自的方向，無論結果如何，心中不會有悔。

我在懷舊情緒的驅使下，去過你父親的墓地。你母親已於兩年前去世。從前留空的相框，填上了她的遺照。她的卒期就和生年一樣，被一筆一畫地鐫刻於墓碑之上。

我在你父母的墳前靜立，何妨就是一棵轉世託生的大樹，生長於天地之間，讓你臨終來我樹下棲息。我吸取由你的屍骨所化成的養料，越長越高。你在我體內流動，我因為你，把枝葉伸向天空。我們所看到的世界，沒有言語可以形容。

那時我們真正地成為一體。

哀傷書

2014

01

我年少時讀過一本書。一本哀傷的書。不但它所敘述的故事，是哀傷的故事。作者的生平，也令人感傷。曾經在二十世紀初的英國，她紅極一時。她的作品，曾被譜成歌曲，在茶座歌廳間傳唱。

現在網上還流傳著這些歌。你還能在某些介紹冷門詩人的網頁、或專營舊版書的網站讀到她的生平。或如果你在大學裡報讀一門印英文學課，教授也可能在介紹吉卜林之餘提及她的名字——勞倫斯．賀普。

我的好友占浩曼愛讀詩。他說詩是「冰與火結合的東西」，又說賀普的詩是「西方與東方相遇的奇觀」。後來他將這句話略為變更，應用在他與我的關係上，戲說我倆是「熱西方遇冷東方」。

我們在海洋性氣候的加州相遇，一九八四年的夏天，乍暖還寒的霧季。自內陸吹來的熱風遇冷洋，水流冷卻了熱空氣，溫度下降到露點凝成了霧。

那是我崇拜西方文學的時期，狂讀一本又一本的卡夫卡、吳爾芙、費茲傑羅、馮內果、約翰．厄普代克。他介紹我讀西方的近代和當代詩。迪倫．湯瑪士、奧登、泰德．曉士。

他介紹我聽近代和當代音樂，各家各派的民謠、鄉村、搖滾、爵士、打丁。他介紹我聽海豹人神話的歌謠。

是詩和音樂拉近了我們。是三藩市的海與霧陶醉了我們。

我生日，他送我賀普的詩集《印度情詩》，在標題頁上寫：To Jill, Happy 22。

後來是倉猝分離的。相識一年半後的某個初春早晨，我去附近的自助洗衣店洗衣服，住在我們家樓上的阿樂的母親跑來告知，有穿西裝的一黑人一白人來過，出示移民局證件。我一聽便知是持學生簽證過期居留東窗事發，當下家也不敢回，跑到好友鄭星光的家避難。星光開車送我去辦理結束銀行戶口、買機票各事。買到次日早上的直航機，當晚便住在星光家，與他的三個小孩同室。占下班回家幫我打包行李，聽星光的建議說只帶手提，衣物雜物等將來再轉託我的親戚寄海運。只將我一年多的手稿、筆記、桌上我近期在做的稿件等，一股腦兒塞進一個大袋子裡帶來。房東太太送的一盒功克力，占當著她的面不好不拿，也硬塞進了袋裡帶了來，我就送給了星光的三個小孩。

這一去不知幾時回，占開車送我到機場的路上都惆悵到只是亂說著玩話。「記得別寫信啊」、「你也別寫啊」之類。「沒想到逃亡是這樣子吧？」、「早知道假結婚」之類。

火速辦登機手續，飛奔過閘口前的十里長堤，擁別，兩人緊抱一抱，我早已淌眼抹淚，一步一回首過海關，直到再也看不見他高高的身影，我的巴伐利亞武士。

猶如被大浪沖散的小舟，我們在人海中失散。花花世界裡不愁寂寞，忙碌分散了相思。明知至少好幾年不敢犯險再入美國國境，隔著一個大海洋，這段兩地情不知有沒有將來。仗著出過兩本書，開始有些工作機會來敲門，正想有所發揮。為了全速衝刺，沒有截止日期的事情都宕後。

往後那些年，混跡在這城市裡競逐，患得患失，我漸漸感迷惘。常常一股哀緒無端襲至，充斥胸扉，直透骨髓。為甚麼會這樣？是甚麼地方出了錯？曾經我有過一個快樂的原形，但那已是很久以前的事。每增一歲，我距離我的原形便遠一些。而時間年年在增速，我二十八歲、三十歲、三十五歲。

四十歲後，我的人生進入變動期。事業不順、摯友小汶去世、寫作遇瓶頸、身體罹疾。偶然攬鏡自照，鏡中向我望來的是個灰色調的中年人。有我的頭、我的身，然而看來看去只是自問，這是我嗎？如果有時外表看來好像還過得不錯，不過是強自鎮定，訓練有素用各種方式給自己壓驚。

然後好像還沒有回過神來，人已活到了今天。我在三藩市日落區，在鄭星光家。在寫。

這要從幾年前說起，星光又出現在我的人生裡的那年。

02

二〇〇六年五月，星光找到我時，我在醫院的深切治療室。因嚴重缺血導致器官衰竭性昏厥，被送院急救，輸了五包血，插了喉管，接上生命維持器。

醒來時只意識到痛，和有個光頭人站在我床前。沒有看到我期盼的發光隧道，那些死過的人說會看到的。有種嘟、嘟，和呼嗤呼嗤的怪聲。喉嚨很痛，我想動，但手被縛在欄杆上，那光頭人俯前按住我的手。是星光。星光怎會在這裡出現？然而是鄭星光沒錯。護士過來調整管子，那呼嗤呼嗤是輸氧管泵氣的聲音。星光又握握我的手便離去，他臉上有濕痕，香港在下雨？

次日轉到普通病房，拔喉管時傷了喉嚨，發炎，多天不能言語。

那是舒適快意的日子。睡睡醒醒，看窗外晴晴雨雨。人輕盈到像喝過孟婆湯，前生的事都淡忘。

每天有個年輕女生來給我拍痰，教我用拐杖走路；有營養師來問各種飲食問題，有教會的人來跟我談心；有實習生來把我當「重度貧血」的教材，做各種測試、記筆記。我會想起那輸入我體內的五包血，捐出那些血的五個不知道名字的人，像我有五個家人在外面的茫茫人海走著活著。

有時星光與我父母同來，有時單獨來，捉住我的手說話。說那天以為我會死，又說你怎麼沒好好照顧自己。

我想說話，但喉嚨痛。

星光的獨白持續了多日。說這次來香港本來逗留一天就去尼泊爾，去加德滿都的高班寺閉關。在機場時心血來潮打個電話到我家，發現號碼失效也不死心，翻電話簿有我父親很久以前給他的辦公室號碼，試撥，居然通，找到我父親。一聽說我的事，連酒店都沒去帶著行李就直接到醫院來。

也許是我們的緣，他不只一次說。

又說是母親去世後第一次出門。轉行做了財務顧問，一年到頭忙。當年用母親骨灰做成的兩尊小佛像，拖了很多年沒有處理。「你還記得我女兒？你上次看見她八歲？九歲？她很慷慨，資助我路費，讓我去趟尼泊爾——」

我出院，回到冰冷的人世。

星光給我看那些用骨灰鑄成的一吋見方的小佛像，藏語叫「扎扎」，是藏傳佛教的冥想用品。一尊想放置在大嶼山的寶蓮寺，一尊在尼泊爾的高班寺。

為甚麼要那樣做？我好奇問。他說是讓先人和後人得到寺院的賜福。

千禧年因偶然的機遇，開始跟一位密宗高僧修行，覺得很好。「解答了我對人生的很多疑問。」

甚麼疑問？我問。

人為甚麼活。

為甚麼？

為了學習。星光說。

為我的事他延遲了行期。

適值雙親這時有事先安排好的遠行要去，星光應他們的要求住在我家，肩負起照顧之責。

我笑他是「大肚腩保姆」、「史力加」。

「我是照顧人的命，你是被照顧的命。」他嘆氣。

七歲起做家務，照料弟妹，練了一身本領。親族中有長輩生病，父親便派他去伺候。母親因糖尿病腎壞死、中風癱瘓，兄弟姊妹沒人肯擔責任，他擔起來，十六年來每天抱上抱下，接送去醫院洗腎，服侍一日三餐、洗臉洗身、大小便排泄各貼身事務。

本來還能長命些，他說，他應空軍之聘去達科塔州擔任短時期的飛行訓練官，母親在親戚家暫住期間，跌一跤傷了髖關節，身體自此弱下來。有次到醫院洗腎後腦出血，昏迷不救——

他是個稱職的保姆，一天兩次替我手背上的輸液管傷口換藥，量血壓、量體溫、定時送來配好的維他命丸。每天偕印籍小妹上街市買食材，回來在廚房斬肉劏魚，灶火熊熊大煮補身的雞湯魚湯、花膠魚肚、豬腳雞腳。還嫌不夠，打越洋電話到美國向一位中醫朋友取經，做乾燉雞汁、阿膠湯、北芪黨參茶。豬肝湯卻是他祖母的土方，早上還沒下床他已將前晚泡好的豬肝水滾成湯，用托盤捧到我床前，說是他家中的女性來月事，他祖母必煮豬肝水補血。

看我腳力恢復些，便陪我每晚飯後散步，走附近的住宅街商店街，挑有樹的陰涼處。香港的暮春天，對他來說太熱，不斷用隨身的毛巾擦大滴淌的汗。又怕背肌上的幅員廣大的紋身嚇著了路人，而只穿長袖衫。學佛後去刺的葛飾北齋觀世音紋身。

我有種déjà vu，這樣和他肩並肩走路。從那些亮燈的窗戶下走過，他問我喜歡暖色燈光還是冷色燈光。將來想住怎樣的房子，摩登的？古典的？是他當年就愛問的。

二十年沒有多長，不夠我們脫胎換骨，只夠我們世故些、困頓些、幻滅些。缺少當年的盲目崇拜作為催眠劑，我沒有太大興趣聽他的夫子自述，那些老調重彈的人生觀世界觀。他的窮、事業的一無成就、捕魚生涯的大敗仗，交織出冗長刺耳的旋律，翻來覆去說著一個失敗者的故事……

說起來他仍然一肚子火。因保育之名、利益均分之名，墨美加三國聯手改例，行新政。一紙條約斷送了小企漁民的生計。他大船剛修好，出海沒幾趟，一道道命令頒下來限制捕魚額，捕魚期從幾個月縮到十幾天甚至取消。去開會去抗議，有甚麼用？他認命，鮭魚不讓捕了，捕底棲魚黑鱈魚。漁民叫苦連天，壞天氣裡也出海。牌照費驚人，稅又重，通脹加上油價上漲，成本降不下來。日本經濟不景氣減少購魚量，魚價不高反低，降價也沒人買。不出幾年，漁民大批撤離，加州漁業整個垮掉，在沙沙里多經營數十年的庫爾吉斯家的海鮮廠結業，賣船賣店，將漁塢租了給遊艇會。

撐到撐不下去那天，他把自己關進船艙，哭了三天，將手槍抵住太陽穴，扣扳機。

點四五口徑的軍官型曲尺手槍，跟隨他十多年，靶場上射擊過多少次一次沒失靈過，偏偏在那天不跟他合作。他不知道說它是神蹟好、還是自己命硬好。正檢查究竟，被恰巧來船上找他的越南裔夥伴進來奪過了槍扔進鹹水海，喝斥：「死都可以，甚麼關過不了？」。

兩人開艙門走出來，去找仲介賣船。

他失去所有所有。兩條船、戶口存款、七年修船的心血、十二年苦學、家人的期待與犧牲，全部付諸東流。三萬二千美元買來的船，耗資二十七萬美元安裝先進儀器和設備，八千元脫手。

我記得那條船，五十二呎的鋼絲水泥船是那個塢最大的，一直到我離開美國都是破爛的半完工狀態。管理漁塢的尚恩破格通融讓他免交泊碇費泊在T形塢最靠裡的角落。每次安裝個甚麼新玩意一定拉我到船上看，一進艙只見許多儀器燈號一閃一閃像《星空奇遇記》裡的太空船駕駛艙——

四十七歲，打回原形。失業、財困、高血壓。唯一值得自傲的，是沒有欠債。若不是有絹子的聯邦政府工資維持，吃飯都成問題。求族中兄弟介紹工作，聽飽了「洗碗碟你做嗎」、「誰叫你有好工不做」的奚落話，發誓餓死不再求人。

是內疚最讓他受不了。難道真是他錯？如意算盤打錯了？景氣的年頭，商業捕魚是利潤豐厚的行業。打魚發達的大有人在，置業買樓、開保時捷寶馬。倘若他當年擁有後來擁有的知識與前瞻力，也許他能預見在保育和政府干預的大趨勢下，必然有次大整頓要來臨，漁民將成為犧牲品；也許他能預見隨著富農濫建水壩、財團濫造大船、養殖業分一杯羹，種種原因造成的海水污染、生態改變、經濟環境，將不利於捕魚業的發展。但那是他雄心萬丈的盛年期，不信二十年不夠他拼出點成績來。如果在航空界一直做到退休，以他的薪資計算出來的退休金雖然可觀，可是他就一輩子是個打工仔，值得嗎？

所有這些不過證實了，所謂夢想，是他在吹大炮、自吹自擂。秉賦、高智商、努力，不見得帶來好回報。一直我以為他對失敗是免疫的。灰心、認輸、說喪氣話的權利，我一向留給了自己和占。

幸得一位昔日共事過的軍中同袍自願帶他入行做財務，數學秉賦有了用武之地。他日夜用功，考到保險牌、地產牌、股票牌，再次西裝革履，提拎公事包，見客戶。大多數客戶是華人，他要重新適應說廣東話。沒有底薪完全靠佣金，做得很雜很累，仍舊入不敷出。奔波多年累積的心得，他認為三樣中股票最有賺錢潛質，於是下決心鑽研金融，花大錢去上高程度課程，為將來年紀再大些在家做全職股民做準備。一晃眼，他到了這年紀。

都沒有連繫了？沙沙里多的朋友們。我問。

他說只有那幫越南漁民還保持聯絡。那一塢本來是個聯合國，各行各業都有，一沒打魚就各散東西。而且那位老同袍曾警告他，在美國有兩種人犯眾憎：保險經紀和稅務員。為了避嫌，就沒有很勤快找朋友。最近一次看見史提芬是好幾年前，還是因為有事去沙沙里多在街上巧遇，喝了杯咖啡敘舊。他混得不錯，在灣上開貨船，把Salty賣給占米了。你記得占米諾倫？那個被燒傷的領航員？

我說有點印象。船爆炸燒傷那個？

「他因禍得福，拿了大筆賠償金提早退休，把Salty翻新，優哉悠哉享受釣魚樂。」

講起其他人，他告訴我說菲力蘿拉沒在一起了。

「真的？」我好意外。一向是我心目中的神仙伴侶。

蘿拉回瑞典了。她是畫家，當年是在畫展認識菲力的。

瘋保羅呢？我問。那個星期五打死不出海、口袋裡老有瓶龍舌蘭的老嬉皮。聽說在加拿大開了間酒吧，星光說。

霞飛父子聽說回法國了；湯米辛格家搬到奧立岡，在山上買了塊地，開養兔場。啊對了，你怎麼也想不到摩根弟弟做了精神導師，追過你不是？他哥哥考可因（古柯鹼）過量死掉後他離開了漁塢，改行又改行，沒想到搞新世紀宗教翻身。圈裡的一件大事，是那個號稱有九條命的外號叫「占米肉球」的傳奇漁夫死掉了。都已經半退休，技癢上了朋友的船，在那個他去過無數次的叫做魔鬼坡的地方翻船遇溺——

等到終於聽到他的名字，是那麼平靜無波、輕描淡寫的一句：「占死了，我一直想找機會告訴你。」

他的用字是passed away。

哪個占？那時候很多個占。我聽見自己問。

我給每個都起了渾名，占米王叫風水占，占米．尼古拉斯叫海明威占，占浩曼叫占四寶……

漁民習俗是以船名領人名，像人們稱史提芬為Salty Steve，占浩曼的船叫Sable因此他叫Sable Jim，廣東話音譯接近「四寶占」——

有回他叫我給他取個中文名字，我說叫占四寶吧，聽來很威風像個中國海盜的名字，他就笑說他要掛個骷髏頭標誌的海盜旗，把你擄回中國去……

抽籤抽中了他，占四寶死了。

噩耗使者兀自喋喋不休講他自己的：「勸過他買壽險，事後直踢自己臉皮不夠厚沒有堅持，我太顧友情，怕他覺得我硬銷，隔一個月打電話去，他太太說剛火化……」

甚麼時候？

二〇〇四，六月。五十歲生日前一個星期。

「好多年沒他消息，還是那天在沙沙里多遇見史提芬，他有占的手機號碼才又連繫上。他還沒到退休年齡，退休金不會太多，社會福利金也沒有多少，小孩還那麼小……從來不知道哮喘會致死，那天臨分手還約他去喫中國點心跟他慶生，打電話給他就是為了約時間……」

你都沒想起來告訴我？打個電話？我說。

星光嘆口氣站定，就在那人擠人的街上。不知怎麼會走到鬧市來，他來個四十五度轉身跟我面對面說：「你叫我不要找你你忘了？你剛離開美國那陣，我打電話給你你都不接。我不知道發生甚麼事了。你不回信，不回電話，我根本不知道你有沒有收到我的信。我泥菩薩過江，家裡又接連發生許多事，只好由它去。還是那年世伯伯母來三藩市玩，占米王招待他們找我陪席，才多少知道你的近況，說你在照顧一個患癌的朋友，但那也是好幾年前了。我不知道怎麼回事啊潔兒，還有占也是，說搬家就搬家，也不通知，我不知道為甚麼是這樣……」

我說不記得了，以前的事都不記得了。

往事成灰。芸芸墓地中一罈骨灰。

星光不知道骨灰所在地。大概有舉行喪禮吧，他沒問。自從有一年他去過戰死的軍中好友的喪禮，他不再過問朋友的後事。

跟慕昂那通電話沒談太久。記得最清楚的部分，是慕昂說：「占兩天前火化了。」也許他該多問點詳情，發病經過、去世時間、後事安排，都忘了問。慕昂的英語已經說得很不錯，但是問一句答一句。

是在家中發病失救的。問慕昂有甚麼打算，她說打算搬家，在找房子，想去報讀護士學校。問她想搬哪裡，要不要幫忙找房子，她說有朋友在幫忙找，感覺上不是太重視他參不參與。他給了一點領福利金、退休金方面的忠告，美國制度的規章等。留了手機號碼，叫她有需要隨時打電話，有了新住址便通知。

她家當時有客，他回想說。是個男客。他聽見背景裡有個男人跟她說話，而且從慕昂聲調裡的輕微變化，感覺她跟那男人不是普通的關係。慕昂說過喪事是醫院的同事幫忙辦的，很熱心，幫了她很多。也許就是這個人。也許因為這個緣故覺得不便打擾太久，但是從此沒有他們兩母子的消息。那小男孩叫傑瑞米、還是傑雷德？他記得跟占的名字一樣是J字頭。

那次交談給星光的印象，她很有主見，獨立生活沒問題。態度有點冷淡，他覺得是因為跟他不熟。我想如果占沒說，慕昂未必知道他和占曾經是怎樣的交情。在她眼中也許星光只是個久違的朋友，一個保險經紀。

就通過那次電話？你沒再打電話給她？我問。

他聽出我語氣裡的責備，嘆口氣說：「我再打去，她已經搬家。」

關於占的死，他就知道這麼多。

幾天後，父母回來，他便去了尼泊爾。

03

我費了點工夫查網路，根據我所知道的占的資料。竟就有一天，電腦屏幕顯示出一個檔案，我一看就知道是他，所有資料都吻合。

中間名是Alexander。全名詹姆士．阿歷山大．浩曼。

出生日期：一九五四年六月九日。

死亡日期：二〇〇四年五月三十日。

死亡時間：midnight。

死亡年齡：四十九。

社會福利號碼：494-xxx-xxx

號碼發出地：密蘇里州

這死亡時間引起我的注意，兩天中間的界線。人們關掉電視機、準備就寢。

終於我知道了最想知道的，他的忌日。查萬年曆，那天是星期日，他多半不用值班，與家人聚天倫。

我陸續又挖掘到零星的資料。星光的記憶正確，小孩的名字確是J字頭，今年十三歲，有上臉書。去世時的住址與星光說的也吻合，日落區第36街，接近日落大道與里維拉道交界，連星光無法提供的門牌號碼都找到。他是在那裡和占見最後一面。

看資料，急性哮喘死亡常是在深夜或清晨發作，而且多是發生在醫院以外的地方。病發時，支氣管壁因腫脹嚴重縮窄，導致氧氣無法透過支氣管正常輸入肺部，一旦血液缺氧的時間過長，會造成窒息死亡。

死前一刻，當他在掙扎呼吸，我在哪裡呢？在做甚麼？

他在本城的大醫院裡任職呼吸治療師，最常接觸的兩大病類是呼吸道疾病和胸腔疾病。近三十年的職業生涯，該是接觸過無數的哮喘病例。想是在短時間內發展到高峰，來不及去醫院。

我認識他的時候，他已在用哮喘藥物，但是沒看見他發過病。他有震顫症，浩曼家的兩個男孩都有，遺傳自母親的原發性姿勢震顫，做某些動作或維持某些姿勢時會手抖。他說一點不影響他，但是若注意看也頗明顯。點菸、讀報，動作裡少少的神經質。

也許因此他對自己的吸菸很自覺，節約地一天兩三枝，說是去掉嘴裡的「醫院味道」。老想戒，老戒不成。

我的陰暗面。他這麼形容他的壞習慣。

我們的人生道路交錯時，他二十九歲望三十，剛剛跟同居三年的女友經歷了一次夾纏的分手，從沙沙里多搬回三藩市，且執業以來第一次被捲入醫療訴訟。我處於大學畢業與就業間，把三藩市當作中轉站，住在父母的好友占米王家，在他的引介下認識星光，又在星光的引介下與占成為屋友——

奇怪我仍清楚記得他的樣子，不同時刻的表情、眼神。藍眼睛的藍，金髮覆額的笑。肩膀微傾的走路姿態。聊天聊到很晚的夜晚，他煙頭上的微熱小磁場。陽光笑臉讓我想起秋收時節的玉米田——

他出生於密蘇里州的西聖路易斯市，是浩曼家的第二個孩子。哥哥名叫米高，妹妹名叫珍妮花。父親在農具生產公司任職主管，母親是主婦。在密西西比河畔度過的童年，跟大部分中產白種小孩沒太大分別。春天放風箏、夏日蕩舟、冬季坐雪橇、每週做禮拜天彌撒。一直到他初中畢業，他對人生的最大意見，不過是他的吉他老師是個同性戀、哥哥的女友邦妮把他當小弟弟、妹妹的徹底唯心的路德教會信仰、母親老要花時間剪存那些沒用的折價券、父親老要在人前炫耀浩曼家的巴伐利亞祖先怎樣在亞美利堅一上岸就幫北方聯軍打了場勝仗——

有個晚上抓住我猛講一個叫JC的人，聽了半天才搞清楚是那個愛穿黑衣、到監獄裡獻唱的鄉村民謠歌手Johnny Cash。成長期的一件大事，是十三歲那年和米高和邦妮坐一天的灰狗巴士去紐約看他的卡納基廳演唱會，米高在牛奶場做暑期工攢錢買的票，三個人冒著隆冬的冰風在那大都會閒逛一晚上，一起吃一條大熱狗，在巴士站過夜，而他一夜不能成眠因為邦妮的一對豐乳就在他肩膀旁邊，熱烘烘熏著他像一對出爐麵包——

JC也有個哥哥你知道？他說。叫傑克。活到十五歲，給一個大鋸子鋸開兩半。那個早上JC去溪邊釣魚，央傑克陪他去傑克不去，堅持去木廠做工。在醫院彌留數日，葬在密西西比河畔公路附近的墳場。他父親恨上JC，對JC說為甚麼不是你死？你去玩你哥哥去做工！

他受不了米高死後，家裡每個人把他當成替代品。受不了母親眼神裡的期待，妹妹眼神裡的信賴，父親眼神裡那個「為甚麼是你活」的困惑——

該活的人是米高。全A生、全壘打球手、學生領袖。該是他這胸無大志的弟弟，中槍死在越南那個叫廣信省的鬼地方！

反戰遊行、組樂團、吸大麻，叛家叛教那套都做過之後，為了逃離那個他形容為「背負太多過去」的家，入專校唸了個呼吸治療系文憑，考到治療師執照，選擇加州做他的執業地。

接踵又來個壞消息。在唸大學二年級的珍妮花被確診患白血病，需要休學治病。她沒再回到學校，賦閒在家，讀聖經。

我們是百無聊賴的一對，在那個嬉皮運動發軔的城市，交換童年陰影故事，比賽誰不快樂些、更消極些、誰的自毀傾向更地道些。當我告訴他說八歲目睹母親抱著一瓶「滴露」想要喝下去的事，他告訴我說十七歲騎著哥哥的摩托車衝進密西西比河想淹死自己的事；當我向他引述「每個人有自己的地獄」，他向我引述「我們是空心人，我們是塞滿草的人」。

第一次去金門橋，他說了第一個跳橋者的故事。四十七歲的一次大戰退伍軍人，有天來到橋上跟一個途人說，我到此為止了，便越欄往下跳。橋才啟用三個月，屍體沒找到。

我們剛好都是那階段，談生說死，舔著失戀的傷口。他說不完他的露易莎，我說不完我的蔣生。

他的傷口新鮮熱辣些。愛爾蘭裔單身媽媽，從聖地牙哥調職來，帶著跟前夫生的四歲女兒艾比。他這部門裡唯一的單身漢，被安排做新來同事的訓導長。沒多久，訓導範圍擴大到兼顧單身媽媽的各種緊急狀況。遲到早退幫忙遮掩、調班替班、臨時找不到保姆幫帶小孩。別看醫院裡護士多如過江鯽，成熟的都已婚，剛從護士學校出來的都想找醫生。他跟她漸漸都有了心，碰巧前後班值夜，交班後其中一方多待半個小時陪另一方，夜深人靜又沒那麼忙，適合談心。他喜歡小孩這點也給他加了分，沒經過誰追誰的嚕嗦便在一起了——

分手的誘因：金黃色葡萄球菌。冬天最冷最多雨時，大病房裡爆發肺炎症，一個七十歲的女病人死亡。在助呼吸儀器驗出金黃色葡萄球菌，與世無爭的呼吸治療部天翻地覆。全體人要接受驗身、填問卷、問話。各式各樣的檢討報告，各部門的救面子行動。家屬提出控告，他是被告人之一。我不是怪誰！他再三聲明。我還沒有蠢到不承認過失，如果真是我的過失！病房裡交叉感染的機會那麼高，經手人又不只一個，我向來是消毒唯恐不足的，當然我不是想把責任推給誰！不久就有謠言傳到他耳裡：露易莎挽著另一個男人逛商場。醫院裡的腦外科醫生，正上位的新星。他沒太意外，警號早已拉響多次，只是痛心是在他落難的時候。他的自毀欲又抬頭，下意識會逛到金門橋畔去，幾乎就希望敗訴、丟執照、失業，讓他有個更好的理由——

最要命是分手後還天天見面，同一部門做事躲也躲不開，她跟新男友的好好壞壞進展他都有第一手資料。隨時一通電話叫他去當個臨時保姆他總沒辦法 say no，就為了見一見艾比。接送上下學到她八歲，後來都喊他爸爸了——

「要心臟很強。」笑個帶澀的笑。

有段日子兩人合租沙沙里多第二街一棟公寓的頂樓，有海景。為了方便他出海搬去的，從經濟角度看實在不精明。天天要過橋回三藩市上班，平白多負擔一筆過橋費。有次一起去沙沙里多，他在我的要求下繞道第二街，指給我看是哪棟樓。在地勢微傾的斜坡上，米黃外牆、綠色窗的四層高公寓。「雲上的日子，」我說出他沒說出口的話。

開始我腦海裡淡入個一家三口窗前望海的景致，房地產廣告裡會有的美好家居畫面，那女子沒有五官細節，就是個存在。

聽星光說是個美人。一頭絲質的棕長髮，瓜子臉不施脂粉，衣著樸素，有種天然隨意的氣質。他去過那公寓，在那裡見過露易莎。那天穿一身白，襯托得人極美。吃到她親手做的覆盆子鬆餅、燜牛肉馬鈴薯鍋。那小女孩有張趣致圓臉，紮兩條辮，戴副厚片子的視力矯正眼鏡。溫馨的一家三口。

他們會玩一種數軍艦遊戲，星光說。美蘇冷戰白熱化那幾年，海灣上盡是進出阿拉米達海軍基地的軍艦。星光說有次去他們正在玩，占給他解釋玩法，誰先看到誰得分，潛水艇得分最高，航母次之，在客廳的掛牆黑板上記分數。他覺得這遊戲有點無聊，在占的力邀下只好參加，四個人在一小時內數到四條軍船，他暗暗駭然。

直到沒多久前我才從星光那裡聽說那段海景公寓日子的續集。那小女孩被強姦，她一個人在家的時候。強姦犯很快被抓到，同棟樓的五十多歲獨居男人，占和露易莎都認識，照過面打過招呼。事後兩人大吵小吵，沒完沒了的誰對誰錯。占氣得很想揍那人，星光說。那陣子出海，聽占說了整件事的始末，毛遂自薦做和事佬，沒成功——

是這惡夢的結局超過他能承受的誠實程度，所以對我隱去了這段？

他多次鼓勵我去紐約找蔣生。「我給你當車伕。」又說：「你怕他笑話你，說我是你的男朋友。」

我說人家結婚了也說不定，有小孩了也說不定。

藍眼睛過敏地打量我：「你寫故事都是寫他？」拆穿我的西洋鏡。

做屋友的一年半，我們成為暫時的玩伴。聊天、聽唱片、出遊。

一天的開始，是我在客廳的松木大圓餐桌上鋪開稿紙，伏在一角寫。寫寫停停，日光從屋前往屋後移，聽見外頭有輛車咳咳咳乾咳著停在門外車道，便屏息等待那柵門「呀」的一聲響。門打開進來個人，湖水綠醫院制服袍，或油布雨衣牛仔褲的打魚郎裝束。一股消毒藥水味嗆辣撲鼻，或魚腥汗餿混合的體臭。他在家就有個人跟我做做飯、洗衣晾衣。或他跟我打對面坐，做賬、整理郵件；或沙發上一躺半天翻雜誌讀報，怕吵了我耳裡塞副耳機聽棒球直播，忽然我像有個老伴共度陰晴——

相約出遊，總是那麼隨意的一句：「嘿，哪兒逛逛去！」

總是那輛一九六八年次的白色VOLVO112，是他為了紀念貓王復出所以買那年份的，從聖路易斯開來加州，速度計不知哪年壞掉了又不修，所以從來不知自己的車速總是把車飆得四輪齊飛像《美國風情畫》裡的哈里遜．福特飆他的雪佛蘭，車窗從來不關迎進山風海風，汽車音響總是調到最大聲量轟轟烈烈狂播那一季的billboard流行歌——Uptown Girl..... Making Love Out Of Nothing At All..... Every Breath You Take..... Total

Eclipse of The Heart…… Beat It……

他慣用的說法是，殺時間。「兩個寂寞想尋死的人結伴殺時間。」

如今想來都是幻覺了。那山水，那路，那笑語聲，壓縮在時間的螺旋管道裡，突然一幕兩幕、或一句兩句，清晰無比，黑暗中一閃，又沒入黑暗。倘若抽取其中一截拉長，懸空，時間在自轉，那兩人重重複複做著同樣的事，白堊色的長長S形徑上，說說笑笑向山上行，我折了枝芒草當鞭子舞，他輕哼支歌——

或我們是在孤樹坡上，小樹下閒坐一下午，看橋景霧景、島嶼與帆影，看海上船來船往，在水面上寫著字……

或我們向西開到太平洋，沿海旁路開到峭壁餐廳、海獅岩、蘇圖洛浴場遺址，停車熄匙片刻看日落或下車走沙灘，聽海獅大合唱——

然後有天，他開始送我東西。花、巧克力、小玩意。

某夜半夜起來到廚房拿水喝，瞥見客廳有燈光，出去看見他坐在那張餐桌前，很專心寫著甚麼。因為不想打擾，便站在走廊口沒過去，看著燈光下他那左手寫字的側影，想著他也許在寫信。他不時給珍妮花寫封信。

隔天，從他手裡接過那盤他自製的音樂帶，才知道原來他那晚是在寫目錄標籤。卡紙上，整齊字跡清楚列明歌名歌手，都是一起聽歌時我說過喜歡的歌。我沒想到他會為我花這工夫，記住我喜歡的歌，一首首錄。

事情總是這樣的。一切的輕，輕若鴻毛的輕——每一次的不經意、隨機語、眼神接觸、輕握手，最終都會黏附在一個想像上，像個星球緩轉，年深月久成為一份沉沉的、沉沉的、重。一份沉重的想念在心底。

不知那些唱片哪裡去了？那些他歷年珍藏、我們聽了一夜又一夜的。那些彼得．貝拉美、凱蒂．吳爾芙、冰斗二重唱、柴爾德民謠、華倫天奴，從他房間氾濫到客廳。那台他母親珍愛的、古老木盒子式唱機呢？那個久已不彈的木吉他呢？他說過某部分的他仍然是那個陪外祖母聽《路易西安納禾車遊》、鄉間小路上騎著單車吹口哨哼歌的小男孩，雖然人走出了鄉村，聽歌品味卻走不出鄉村。而我總是記得初次聽海豹人歌謠的那夜，聽著那流水吉他聲、那訴說陸地女子愛上海豹人的男女合唱聲，曾有一刻，我們是快樂的。

冬天，我們一起去了一次長途旅行，開車到伊利諾州聖路易斯市他父母家過聖誕，和浩曼先生、浩曼太太、珍妮花，共度了幾天。

取道他一直夢想走一趟的66號州際路，沿1號公路南下，換5號到洛杉磯，換15號到阿拉斯加，東行穿過大峽谷，南下，折東，沿66號州際向日出的方向進發，橫跨阿里桑娜、新墨西哥、德薩斯、奧克拉荷馬、坎薩斯。車子開過一哩又一哩，開過油站、汽車旅館、麥當勞黃色大M；車窗外的美國現代蠻荒畫面，是大衛連治或高安兄弟的電影裡的、是愛德華．霍普或艾德．若夏的畫裡的、是傑克．凱洛瑞克的《在路上》裡的——

他戲劇性地向我提出假結婚，是路上最後一個早晨，在坎薩斯州邊界的旅館餐廳吃早餐的時候。我們坐在窗邊卡座，化學噴霧裝飾的窗玻璃雪景外面，是冷清行人道的隔夜雪。店裡聖誕歌飄揚，顧客都喜氣洋洋，是過節的氣氛。女服務員端來熱騰騰的熱煎餅和農夫早餐，大家重新分配，他給我雞蛋我給他餅。他叫了杯應節的eggnog，一邊喝一邊呻吟呃唷唷好好喝喲，遞到我面前讓我嚐。「嚐嚐看，很香。」我嚐一口，做個鬼臉，說像加糖的油漆。他笑那玉米田的笑，好像沒經思索就說：「做屋友下去好嗎？我給你辦張綠卡。」

又說：「回程到拉斯維加斯辦個結婚證書，馬上就拿到不用排期，再揀日子行婚禮就可以，這樣你可以一直待在這裡寫你的故事。」

我狂喜。僅僅為了他這話，也願意愛上他。

「我們會是很好的一對，雙子跟射手——」

我相信，我說。

「我們會很開心的。」

我相信，我說。

「經過奧克拉荷馬州時你不是說，要買個油站在這裡終老？」

經過大峽谷時我也曾說：「我死了把我葬這裡，豎個十字架就可以。」——公路上的狂想。

「當然你可能捨不得你的父母。」

「考慮幾天可以嗎？」

「是東方人say no的方式嗎？」

我無言，看著他的笑容消失，像看著太陽落山。

是他先看見的。看，下雪了，他說。一天空的柳絮雪無聲飄，一下子這世界好安靜，只有聖誕歌在唱。

我沒想到會受到浩曼一家那麼隆重的接待。浩曼太太為我準備了極乾淨舒適的客房，床鋪沒一絲皺紋，鵝絨被的被套與枕套是一式的素淡花枝圖案，一對枕頭壠得高高並在床頭，上面不偏不倚斜放一個心形小靠墊。房裡到處殘留著一個男生的痕跡，棒球用具、棒球明星海報。米高生前的房間？浩曼太太有種溫室玫瑰的氣質，衣著髮型都光鮮講究，發福了仍然保持少女的嗓音神態，打破了我對美國主婦的先入為主印象。

浩曼先生是彬彬有禮的老派人，很和藹，談吐機敏。兩年前退休在家，時間奉獻給看電視讀報。二戰時當個兵，十分關心舊日同袍，特別是那些因戰致殘的，常寫信聯絡。

滿客廳是生活照，人站在廳裡是被照片包圍。大部分是米高的。軍裝、揮棒球棒、領獎杯獎牌的。全家福有好幾張，占杵在後排突出個頭，這家庭的黑羊。有一張是他小時候，十二歲的金髮嫩臉男生，在冰河上溜冰，紅圍巾的穗子在肩後揚起，笑容燦爛。忽然我像看見了他的快樂原形，那麼活生生，彷彿我看見的不是照片是真人。

珍妮花那年三十歲，瘦不盈握，大眼睛很慧黠，過來拉我的手說：「別看我長得像小朋友，我比你大。」有機會聊天時，又悄悄對我說：「占離家後沒帶過女朋友回家，你是頭一個。」

第二天一早去上墳。是早上起來到廚房看見浩曼太太在做煙肉蛋早餐、她告訴我今天的節目我才知道。不知是母子商議好由她開口，還是看見我趁機說起。四天三夜的路途上，占提都沒提過。要開一個半小時車到一個叫春田的鎮，大概那車子很久沒擠進過五個人，中間夾著個陌生人，也沒誰覺得不自然。路上前座兩個男的談男人的話題，後座母女倆話家常。

樹林與草地鋪展出來的大花園一樣的墳場，春天草長花開時想必極美。車子一直往裡開了很長一段，下了車，占拿著鮮花，一行人步過枯林，踏過結霜的硬泥地，穿過錯落的灰碑白碑。想必占每次回來都來一趟，這回有五年沒來過。我也不覺得是給陌生人上墳，倒像是舊識。來到一株樹下的灰碑前，只見上面刻著米高的姓名、生卒年月日。占獻花，大家默禱。

平安夜去河畔一家河船改裝的餐廳吃聖誕餐。出發前他西裝筆挺來到我房間，我幾乎不認識他，完全為他傾倒。他替我張羅了幾條裙子。珍妮花的童裝大碼太小，浩曼太太高矮跟我差不多，發福前的尺碼竟是很合身。我挑了一件暗紅絨料子的，配我的白毛衣，穿衣鏡前左照右照。

「你穿裙子好好看，該多穿裙子。」占說。

我望望鏡中並立的兩人。「你爸媽覺得我怎樣？」

「覺得你好，都喜歡你。」他說。

「撒謊精。」我笑。

要通過登船板登上餐廳。裡面是簡樸的木材裝潢，壁爐生著火，有現場樂隊演奏，體型驚人的女黑人歌手唱爵士聖詩。燭光下只見紅花綠葉的裝飾中閃著五套亮銀餐具，不由得心情一陣激蕩。浩曼先生領經唸餐前禱文，幾句而畢。我第一次吃正式的美國傳統聖誕餐。豆湯、烤填塞火雞配蔓越梅醬、甜薯茸、杏仁片豆角、沙律和玉米麵包。甜品是核桃派。最後有個開堅果儀式。侍應送來一籃堅果，綁著綢帶的夾子。浩曼先生叫了瓶德國麗斯玲，喝得臉通紅，向我舉杯：「歡迎我們的東方來客！」

次日去遊大拱門景點。逢假期又是晴天，遊人如鯽。我回頭找浩曼先生他們，都走得沒影兒了。占領著我坐纜車到拱門頂端，趴在那些傾斜的窗前看景，一望無涯的白色平原。曾經這裡是國境的邊界，開闢大西部的長征路起點。占說春天你來，我帶你坐河船，馬克吐溫時代的槳葉輪船，好幾條船同時鳴笛的場面很壯觀呢，我就想像大河上十幾二十支煙囪噴著白煙，船笛聲此起彼落嘶嗡嗡嘶嗡嗡——

除夕夜，北極冷鋒襲境的零下天氣裡，占領著我走過一段用手電照明的深黑樹林裡的路，去到河畔他兒時與米高玩擲球捕球的那片林中空地。樹都結了冰，椏杈的冰枝伸向夜空，只見前面一水橫流，緩緩向下游移動，河面漂著的浮冰，傾側間彼此互擊發出酒杯相碰般的叮叮聲。兩岸人家的燈火、除夕狂歡派對的人們的帶著醉意的叫囂，忽然只覺距離我們好遠好遠。他把我裹在他大衣裡我還是抖，兩人牙齒打戰說「來這裡倒數實在不是好主意」。其實根本用不著他的收音機，風吹來了這裡那裡的子夜彌撒鐘聲，然後便聽見某處的集體倒數聲越過水面蕩來，10、9、8、7、6、5、4——，天空炸開了煙花，遠處馬路的汽車喇叭聲大作，他帶來的收音機播起auld lang syne，我倆熱淚盈眶相擁互祝新年快樂迎來了一九八五——

回加州後我給浩曼家寄了張卡，感謝他們的熱情招待。珍妮花做代表回了信，信末說：「快點再來，這位老姐姐不耐等待。」

我常會想起他們，那可親而寡言的一家。浩曼先生與兒子見面和送別都只是握手，跟我卻兩次都擁抱，尤其臨別那個持久的擁抱很令我動容。我感覺到當中寄予的期盼和補償作用，感到不忍。假如我會成為占的妻，也許可以為這位老人家做點事，但我知道他的希望將落空。

珍妮花在一九八九年因癌症復發過世，而據我所知，浩曼夫婦直至一九九九年都還健在。占去世時，他們是否還在世，則無從知悉。

我沒有占的照片。他有部小徠卡相機，但是每次出門都是那麼急風烈火，老是忘記帶著相機拍照。浩曼先生給我們拍過張合照，在同遊聖路易斯大拱門那天。晴朗的陽光天，我穿著一件白色毛衣，長頭髮束了條馬尾，占是他平常的皮夾克牛仔褲裝束，我們並坐傑佛遜廣場前面的草地上，浩曼先生非常用心取景要把大拱門攝入鏡頭，或許是這緣故，大拱門非常清晰，前景的兩人卻面目模糊，只能從輪廓辨識出是一男一女。

Jim and Jill，謀殺時間的共犯。

那盤音樂帶後來不慎遺失，《印度情詩》則一直在我書架上。占喜歡背誦集子裡的那首〈柚樹林〉，特別是那有名的幾句：「去愛，去活／去接受命運、或眾神，所可能給予的／不提問，不祈禱……」

04

據星光說，我離開美國後，占在那個日落區單位又繼續住了好幾年。那是他趕修漁船、掙扎求存的年頭，沒太大動力找朋友。兩人保持著密度不高的一年兩三通電話的連繫。通常星光主動，為四寶的事徵詢意見，或占生日，照老例給他賀壽。偶爾因事去找阿樂，順道會到樓下敲門看看占在不在家，聊兩句。

占穩守他在醫院的呼吸治療部崗位，經歷那個部門所能提供的加薪和升遷。大概後來又靜極思動，有回跟星光說，他找到去東南亞的便宜機票。有種專遞公司會僱人帶貨，沒有薪水，免費來回機票或折價機票便是酬金。完全正當的。通常是顧客要求人手帶、因種種原因不想通過郵遞的物品。貴重品、古董之類。他都是利用這些機會旅遊東南亞，後來索性做起小生意，在那邊購貨，帶回來這邊賣，賺貨物跟外幣差價。星光記得他剛開始是做金玉首飾，帶回來賣給醫院的同事。後來發現一種電箱線路板在這邊有市場，賣給建築商做建材，成功打開了建材批發的路。想是在這樣的一次旅行中認識慕昂的，他的泰國籍太太。

突然，占便脫離了他的雷達網。有天他見到阿樂，阿樂問他有沒有占的新住址，他才知道占搬了家。阿樂將一疊寄到舊址的占的郵件都交給了他，拜託他轉交。星光打電話去舊號碼發現號碼失效，於是致電醫院，留言請他覆電，說是有他的舊址郵件待領。沒有回音。他把郵件擱一邊，一擱就許多年。

為甚麼不去醫院找他？把郵件拿去給他？留在櫃檯？我忍不住問。星光說了一堆理由：犯不著賠時間、油錢。不知道當值時間，難道在門口等？郵件可能有他的隱私資料，交給外人怎麼行？……

鄭父生前曾在那家醫院工作，任職醫療儀器維修技工。是鄭父先和占交上朋友，星光才認識占。

關於鄭父是怎樣來到醫院，占跟我說過個故事：「醫院裡原來有個老技工，德國人，做了四十年，每天嘀咕著要找接班人，把一身技藝傳給那個人，可是找了好久找不到。醫院幫他發廣告，同事們都幫忙留意，但老人家視這工作為天職，要求人品好技術好，又要謙虛肯學，來應徵過的都不滿意，許多年沒著落，只好撐持著一副老骨頭每天來上班。有天，他帶了個人來跟大家宣佈，嘿，我找到徒弟了！大家一看，是個五十多歲的中國漢子。雖是牛高馬大相貌堂堂，年紀太大了點，兩人站在一起是兩個伯伯。但那老傢伙執意要交棒給他，私底下已將衣缽傳給那個人，包括他的工具包工具箱。那人便是星光的父親，大家尊稱他Uncle Jeng。」

沒見過那麼好的人，占說。和氣，樂天，甚麼事不計較，十二分的敬業樂業，卻一點不死板，半桶水的英語沒妨礙他跟同事們打成一片。愛跳舞、愛釣魚，讓那些洋人同事都跌眼鏡，原來黃面孔唐人也有頑童性格。

他那時還是部門裡的新人，機器一出問題就去找鄭父。鄭父跟他投緣，每到呼吸治療部來便呼叫：「我的美國兒子呢！」有天跑來跟占說：「我買了條船，咱父子倆釣魚去！」占便應約去，就這樣認識了鄭家的老三星光。三個人駕舟到近岸海域，法拉倫群島、或往北去到雷斯角。釣到了魚，拿到市場上賣，錢大家分，真爽！那條船叫水花，十六呎的玻璃纖維船，占說起那段和鄭父釣魚的日子都是說「水花的日子」。

鄭父八三年因肺癌病故的時候，星光已是個職業漁夫。自從兩年前在聯合航空的大裁員中被停職，他覺得在大機構中做事太被動，開始為轉行鋪路，說服占也加入，投了點錢，合買了條三十八呎的圍網船，打起魚來。這條船叫做四寶。

這時期兩人是親密戰友，在那大海上駕船來去，一人控船一人控漁繩，回來在沙沙里多的漁塢靠岸，把魚賣給岸上的海產批發公司。三到十月捕鮭魚，八到十一月捕鱈魚，十一到三月捕底棲魚。起碼初期，兩人是合作無間的。

我認識他們時，合作關係已近尾聲。印象裡星光是那個能力強、照顧大局的哥哥，機械與駕駛都在行。占是那個敏感偏執、凡事倚仗哥哥的弟弟，背地裡嘲笑星光是「永恆的修補佬」。修船，修房，修車，甚麼破凳子破繩子都拿來修。好幾次跟占混到很晚離開漁塢，看見星光還在船上忙，我總忍不住回頭望那盞孤燈，昏黃的光像是船上的人的心情。

事情後來的發展，用占的話來說，是「星光發了神經病」。

他買了條五十二呎大船，要把它改造成高性能船，開始把時間放在這件大工程上，栽大錢買儀器，靠自己的一雙手逐寸翻新，以一個休閒釣魚出身的漁夫來說，是聞所未聞的事。

假日釣魚樂演變成這局面，占講起來有點悚然：「這傢伙！越玩越瘋！」似乎覺得上了星光的當。

「沒人跟他講一下？」我說。

「誰敢潑這個冷水，他自以為天才，聽過誰的？」

兄弟檔形同拆夥。占不無怨言，但他一向有獨當一面的欲望，拜形勢所賜終於有了機會，硬著頭皮迎接了單人獨舟出海的挑戰。

四寶考驗了這對好友的友情。占常抱怨船不好，怪星光充內行，「花兩萬塊買個大廢物」。四寶是條木頭船，船體矮又笨重，影響了速度，橫搖力又大，稍有點浪就亂晃，又動不動要修理。只有一樣好，船尾設有駕駛輪，上面有個羅盤感應系統可自動感應事先預設的航向，人在船尾可以同時控船跟釣魚，一個人操作沒問題。可是要同時兼顧兩樣事，畢竟很難衝到高效率。偏偏那兩年鬧了場厲害的聖嬰，加州有史以來最強的，雨多，水溫高，極不利捕魚，又沒有星光的機械知識作後盾，機械一出問題就傷腦筋，整體上是令人失望的經驗。

星光為了攢錢修船，一度到阿拉米達海軍基地做兼職，半年後回來，看見四寶被扔在碼頭生鏽，成了塊爛鐵。找占問，他說引擎死掉了，他不會修，除了等他回來沒辦法，聳聳肩，一副不關他事的樣子。

星光沒太放在心上。別人把機械方面的問題丟給他，他早已習以為常。剛買到四寶時要大整修，都是他做，占也沒幫過一次忙。那條船無疑是個大敗筆，但他歸咎於第一次買船沒經驗。投資自然有風險，收成有好有壞。當初邀占參股，完全是因為知道他想儲錢結婚，他又不是沒嚐過景氣時期的甜頭。聖嬰那時候，就連史提芬這樣的老經驗漁夫都經常空手回，難道這筆賬也算在他頭上？

四寶的引擎修了一筆大額的錢，占拖著不付，星光出海照樣約他。有次交割過一批鮭魚，去領了錢，當場跟他討引擎的錢他才付了。賣四寶的時候，占已退出捕魚多時，不知打哪裡聽到了消息，沒等他通知就主動聯絡。他把賣船所得的一半付給他，兩人去喝了杯咖啡，握手而別。

在沙沙里多巧遇史提芬，得知占的手機號碼後，因為忙，過了半年才打電話，約時間去拜訪。兩位老友歷經了交好、親密合作、疏遠、十數年久別的各階段，在日落區第36街的一幢房子裡重逢。

是占自己來開門。很高興看見他，又握手又擁抱。星光不用問就知道房子是租的，月租大約千五到千八。門前那輛萬事達是二手的。以占的薪水只能這樣。以一個從事護理工作的人來說，成績算相當不俗。占看來自信成熟得多，顯然家庭生活很適合他。

屋裡佈置簡單，打理得清爽潔淨。占告訴他說是三年前慕昂來美國那年搬來這裡。

慕昂在二樓一個小房間帶小孩玩。匆匆一瞥的印象，是個三十多歲的瘦小安靜的人，聽見占介紹她便笑個露齒的笑，牙很白，頭髮垂肩。那小孩大約三、四歲，好漂亮的混血小男孩。

兩個男人到隔壁的起居間坐，喝茶聊別後狀況。窗戶面對車來車往的大馬路，有排樹隔掉噪音，關上窗倒不覺吵。星光讚他氣色好，恭喜他終於成家。他真心為老友高興，很欣慰舊日好友走到人生這一步，有個這麼舒適溫暖的家。占很高興，說做爸爸的心情很奇妙，人生觀完全改變。努力多年沒戒斷的菸癮，一聽說慕昂懷了小孩便戒斷。

怎會提起保險的？他忘了是甚麼東西觸動他。這樣完美的日子，照理不該有灰色思想侵入腦海。也許是他看見小孩還那麼小，慕昂才來美國沒幾年，還沒有獨立能力。這些年跑保險他見過太多，不未雨綢繆，抱著僥倖之心，一旦發生事故，立刻便水深火熱。不過是閒談中隨口問了一句，問占有沒有買壽險，純粹是朋友身份的善意探詢。

聽占說沒有，他開始發表對保險的感想，大概又犯了忘形的老毛病，探手進公事包取出資料簡冊遞過去。占不接，他才意識到他的「心得分享」可能越了界。

星光在不同場合的敘述裡，分別用過「冷流」、「空氣牆」、「敵意」等詞彙，來形容他那一刻所感受到的，自對方身上釋出的拒絕訊息。

「一股冷流從他身上輻射出來。」又有次說：「像有堵空氣牆在中間，感覺不到他在想甚麼。」

立刻告退會更僵，只好用閒話打岔。似乎那天他才第一次察覺，他和占的友誼不如他所想的完好無缺。它已經有了裂痕，而且裂痕可能已存在很久。勉強又坐了一會，看見天色發暗，便起身告辭。

在我聽來，如果這裡面有誤會，幾乎從一開始就注定要發生。

我問星光那天是穿甚麼衣服去的。他說他剛剛去見過一個客戶，所以是穿著平日見客的西裝皮鞋，提公事包。換言之，一個推銷員或白領工作者的裝束。因為包裡有客戶的隱私資料，所以他養成習慣從來不把公事包留在車內。

「難怪占誤會，你一副經紀的樣子上門。」我語帶批判。

「我是個經紀呀。」星光大條道理反駁。「難道我去看個老朋友要回家先換衣服？我怎麼知道他會誤會？我又不能讀腦，我沒法控制別人怎麼想。我只能誠實的做我自己，別人同不同意管它的。要是他認為我是想賺朋友錢的那種人，不管我穿甚麼、說甚麼，他照樣會那麼想，根本在見到我之前他就打定了主意，我是來向他推銷的。而現在我只後悔，我沒有當一個更好的推銷員。」

他是奧格．曼狄諾的信徒，特別是那本暢銷全球的《世上最偉大的推銷員》。穿州過省跑保單的日子，車子裡一遍遍播著這部書的有聲書。他寄過一套給我，事實上是講人生道理的勵志書，而根據這本書，最偉大的推銷員是耶穌。但他一再強調那天去占家是純友情探訪，沒有半點推銷的意圖。

占是怎麼拒絕你的？我問星光。那一刻的敵意，難道沒有用過一句話來表達？星光起初斷然說不記得有，不記得有說甚麼特別的話。只是肢體語言？只是表情不對勁？我打破砂盆問。依我猜想一定有說過甚麼，那怕一句兩句。

星光花了點時間終於想起來。「他說：『一個人的事是他自己的事。』是這麼說的。」

一個人的事是他自己的事。

忽然我像聽見了遺言。這是占會說的話，完完全全是他的話。

送客時，占領星光繞到後院，讓他看他種的檸檬樹。他認得是梅爾的品種，還很幼小，已經在結果。占心情很好地講他的種樹心得，似乎已忘記先前的小小不快。慕昂抱著小孩從屋裡出來，占接過小孩來抱。黃昏的院子起了風，兩個老友站在那樹側又聊了一刻鐘。星光想起來對占說，下個月你生日，跟你慶生？去吃中國點心？占說好啊，好久沒飲茶，讓小孩也嚐嚐中國點心。兩人說好打電話約時間，占送他到外面的行人道，向他揮手，一直還抱著那小孩——

幾星期後，他死了。

海豹人穿回他的皮，回海洋去了——

始終我沒告訴過星光，占來香港找過我。

05

那是一九九九年，小汶被確診患癌的那年。

那天我和占共度一個上午、依依惜別之後，回到醫院陪伴正留醫的小汶，見到她就忍不住伏在她床頭哭。本來該是小汶對我哭，但是自從聽到診斷報告那天，她就沒哭過，都是我在哭。

小汶說你又哭啥呀，是不是醫生說了甚麼。我謊稱是去翻譯公司見工，當場考試沒過關。雖然很想把真相告訴小汶，但她一定又要說，是她害我耽誤了大好光陰。我們之間已經有過許多這類的對話，她說「我不需要你陪，你去忙你的事」，而我說「是我需要你陪，我是在忙我的事」。諸如此類。

醫院裡漫長無邊的日子裡，每週陪小汶打化療點滴，望著薄扶林山上的雲彩變幻，那個加州海岸的事已是那樣的遙不可憶。我像是活過了幾生幾世，而我和那個西方男生的事已是另一個人生的事。而隨著地球的向東旋動，我旋到了這次的人生。

日復一日的場景切換，是我和小汶病房外的長廊上走來走去小小聲聊著各種事，是我和小汶在下午的幽靜病房下一盤波子棋，是我趕完翻譯拎著各種零嘴搭兩程車來陪她一下午，是拿到出院紙那天，衝過一個個紅燈過馬路，來不及的要去說好久要去的某料理店、某日本超市、某大減價時裝店——

小學一年級第一天上學，老師安排我們坐隔壁座。兩個人都是梳兩條辮子，但我的辮子光溜些，校服平直些。她問我是不是傭人熨的，我說是。她說她姓簡，簡愛的簡，而我那時候還沒讀過《簡愛》。

太空人都已經登陸月球了，她家才裝電話，約好晚上八點整我撥電話給她，我當美國總統她當太空人。我的台詞是：「杭思朗，你在上面看見了甚麼？」她的台詞是：「總統先生，我看見了天堂。」

我們同出同進，同喝一支麥精維他奶，同吃一份牛肉三明治。她羨慕我家住九龍塘，房子像粵語片裡的「花園洋房」；我羨慕她家住舊式唐樓，房子像鬼屋。我羨慕她英文好，已經能讀整本的英文小說；她羨慕我會說普通話，像邵氏明星。

她十一歲遭逢父母的離異，之後又因為他們各自找到對象再婚而成為不受歡迎的畸零人。兩個家庭加起來有五個弟妹，只有比她小八歲的叫做小健的親弟弟跟她親。因性子倔，不得父母歡心，在兩個家庭間當人肉皮球到十七歲，被送到英國唸寄宿學校，從此沒跟親生父母同住過。力爭上游入讀倫敦大學法律學院，沒畢業便被獵頭公司獵中，回香港在一家外資大律師行當大狀。因表現出色，被重用，薪資跳著長。一九九八年在年度的例行身體檢查發現胃部有小瘤，惡性，做手術切除。復元後照常上班只有頂頭上司與同居男友知情。一年後復發，病灶轉移到腹腔，是個無法做手術的部位，化療是唯一辦法。她遞了辭職信，要求上司保密，花一個月訓練親密助手處理交接，在同事可以幫她開歡送會之前，悄無聲息離開了公司。關於與男友分手的事，她只淡淡說了句「我正愁沒藉口」。

我陪她看醫生，做治療，聽各種相關講座。病情在化療後得到緩解，小汶退掉原來與男友合租的西環房子，搬來我在灣仔覓得的小公寓與我同住。

那是時時刻刻面對恐懼、時時刻刻努力忘憂的日子。小汶的歷年積蓄用來負擔租金和醫藥費，加上她在職時湊興買的優質股，可用作不時之需的儲備金。我做翻譯得來的收入用來應付日常開銷，就是省吃儉用也只是僅僅夠，常要從小汶的賬戶挪款補貼，使我非常愧疚。

公寓就在灣仔街市旁邊，我常在傍晚減價促銷時去買菜，小汶若有興致或精神也同去，魚檔菜檔間逛來逛去揀魚揀菜，被那些菜販誤認是姊妹時總是非常開心。當被問「誰是家姐？」我總認作是姐，因為我比小汶早出生半個月。而那些令我大恐慌的時刻，比如小汶受寒染疾、發燒不退、或腹瀉嘔吐不知要不要送急診好，每次發生都讓我一顆心冷掉半截地想，是了，這就是了。而小汶總是微笑安慰我說沒事沒事，她有九條命，而我們像是受靈咒保護般竟次次渡劫。

在充斥藥物、看診、單調飲食的病人生活中，娛樂是最大筆消費。外吃、逛商場購物、買書買影碟。有陣子銀行存款跌近底線，為增加收入，小汶想出接法律文件來譯的主意。法律文章都是那套，勤力查谷歌，上網多讀點法律八股，又有小汶替我把關，無論如何值得一試。小汶開始打電話聯絡舊日同事，議價錢談條件，順利促成我入行。我喜歡上這工作，特別是譯那些上訴呈文，讀來像電視倫理劇的情節，是小民人生。

趕稿至深夜的那些夜晚，寫著譯著，那另一個我會出來。那個被悲觀主宰、噩夢世界裡的我。據說癌細胞在夜間特別活躍，牠們正在施暴嗎？分裂著增生著？像支龐然大軍，深入腹地，建立殖民？宇宙裡有些甚麼？小窗外，被樓角切割成不規則幾何形的那片天，海底樣黑。底下，萬戶千門都緊閉。可清楚聽見客廳掛鐘的響亮滴答，倒數著這颶風眼裡的時間。小樓裡的晨昏，小汶的安詳鼻息，滴答滴答，滴答滴答。

「鐘敲十三點。」——《一九八四》裡的大洋國時鐘。

是多久以前的事了？一世紀？兩世紀？

在那遙遠的從前從前，我們擁有年輕美好的形體。

我們形象可親，笑聲說話聲，清晰嘹亮。

我們的身體舒展，坐臥，休憩。

我們閱讀，唱歌，談天說地。

我們約會，唸詩，訂盟誓。

十五歲那年的暑假，校園的鳳凰花開得鬧麗時，我和小汶每週兩天起個早回到學校游個早泳，然後散步走過學校後面的洋紫荊林，越過一段斜坡去到一幢古色古香的校舍建築，到指定的課室，或如果天氣好就在有蓋操場，聽黃老師或周老師講一個小時的作家與作品，之後是半個小時的自由討論。兩間兄妹學校的中文學會第一次聯辦的讀書會，經費所限，節錄出來的文章油印在紙張上，用釘書機釘成一疊，拿在手上彷彿拿著一份契約書一樣的。《邊城》、《生死場》、《駱駝祥子》、《寂寞的十七歲》、《撒哈拉的故事》、《都市詩鈔》——

那些有著奇特名字的作家，不管是已故或在世的、南來此城或孤島上的，對於我和小汶都是奧林匹克斯山上的眾神一樣的。散會後滿胸脹痛著那天讀過的字句，走過魚木樹盛開著燦爛白花的窩打老道，齊聲誦著「我是天空裡的一片雲，偶然投影在你的波心」，或是在七號巴士上搖晃穿過彌敦道，動情地唸著「那紅花綠葉雖早化作了泥塵，但墳墓裡終長留著青春的痕跡，它會在黃土裡放射生的消息」，心急著要馬上到旺角的田園書屋或尖沙咀的文藝書屋買當天讀過的作家的書，兩人合買一本限定三天後給對方，都覺得把暑期零用錢花在買書上是最羅曼蒂克的事，就算把去「別不同」吃杏仁豆腐花的錢都花掉也在所不惜，彷彿我們是蕭紅和蕭軍在為了文學過苦日子了。

而就在那夏天，我和小汶都開始寫文章投稿。在我家或小汶家，寫好一篇分別封在黃信封裡，走到我家或她家路口的救火車紅的直立式郵筒邊，幾度要投又幾度遲疑，終於想了個交換稿件互相代投的辦法。於是彼此勉勵著深吸一口氣將信封一扔扔進郵筒的大嘴巴，而沒有比那鬆手的一刻更讓人心驚膽裂的，想像著那兩個裝載沉甸甸稿件的信封蕩悠悠墜下萬丈深淵，走路回家時緊緊手拉手彷彿是要借彼此之力止住下墜之勢。

暑假結束時，我心裡有了個人。

有個男生的名字在心頭轉，有個秘密不告訴小汶，在我是新鮮的經驗。並不因為讀書會結束，就少聽見他的名字，因為他就是那種名字會傳開來的男生，是女生會說他長得像某日本片集演員、給他起個渾號叫「森田健作」的男生。中文學會開會，會聽見大家講八卦說師兄校的才藝晚會的話劇是他演男主角，又說有人看見他跟本校的某女生一起等巴士。讀書會上總是他負責派發那些油印紙張，無人肯舉手發言時老師喜歡點名叫他發言，立刻你會感覺所有在場女生的屏息靜待令到課室裡的空氣變了質，而我和小汶都冷眼認定那幾個後來插班加入的女生是為了他才來參加讀書會的，背地裡笑他要像那個晉朝的衛玠被看殺。

期中考過後，校際徵文比賽頒獎典禮的春初夜晚，我第一次和蔣明經說話。在台下又興奮又忐忑等待領獎，顧著和陪我來的小汶咬耳朵，便沒注意他也在場。聽見司儀開始唸小說初級組的得獎者名單，緊張等待「金潔兒」三字被唸，卻聽見「蔣明經」三字透過司儀的麥克風在那禮堂傳開，和小汶相視後四顧，一顆心怦怦怦撞起來，便看見我身後那排有個男生起身上台領獎，才知道原來他就坐在我斜後方。緊接就聽見司儀唸我的名字，慌忙起身，糊里糊塗領了獎回到座位，蔣明經從後面湊過來說：「原來我們都是優異獎。」有點高興似的。

馬上又湊過來小聲說：「你優，我異。」我噗嗤的笑出聲。

散場後，三個人一起步出會場來到春風輕吹著的校園，微微拂蕩的樹影下走過，我和蔣明經同時拆開不用猜就知道是書的「獎品」。包裝紙嘁哩嚓嘞，撕開來，他那本是《張愛玲短篇小說集》，我那本是雨果的《悲慘世界》。也許我流露了失望的神色，蔣明經立刻說：「這本我看過了，我們交換？你看完再還我？」於是各自在書的前頁上寫下電話號碼——

是有了年紀才知道，不因為當時年少，就痛苦少痛些，傷害少傷些。或許，正因為當時年少，那麼多前所未知的感覺都是第一次。第一次心跳、第一次焚燒、第一次煎熬……第一次思念。

讀書會在那年暑假又辦起來。總是散會後三個人同去看場電影、去冰室喝紅豆冰、去書店去圖書館。是讀詩成癖、寫詩成癮、欲說還休的強說愁歲月。也是背著小汶、暗中和蔣明經傳遞小詩小詞紙條、熬夜講電話的罪惡感時刻。

去淺水灣那天，我和小汶和蔣明經，放了學搭渡輪又搭巴士晃過黃泥涌峽道，只因為剛剛讀過張愛玲的《傾城之戀》就約定了要去找那堵牆，憑著小說裡「橋那邊是山，橋這邊是一堵灰磚砌成的牆壁，攔住了這邊的山」的單薄線索，走遍了淺水灣酒店一帶，嘻嘻哈哈互相提場背誦：「有一天，我們的文明整個的毀掉了，甚麼都完了——燒完了、炸完了、坍完了——」

又鬧著說要去找蕭紅墓就走到了沙灘上，從東頭走到西頭又走回來，找了一會找不著也就算了，脫了鞋玩水，跟浪潮比快，撿貝殼，玩到日落西山。有一刻，小汶趁著蔣明經走開了就拉住我悄悄說：「你覺得蔣明經對我怎樣？」——

我想我一定是感到極大的刺激，因為這句話是那麼深印腦海，包括我當時的虛與委蛇的回應：「你怎麼不自己問他？」

人是重複犯錯的動物，新的錯疊在上一個錯上，錯錯相因。

新學期，我們是要迎戰會考的中五生，心情有如面臨末日。自從淺水灣那天，小汶沒有再提蔣生的事，我也心虛沒問，怕一個不好鼓勵了她，或暴露了自己的心思。是心魔作祟嗎？似乎她跟蔣生一天比一天要好，我一天比一天不安。

學期中，小汶大大出了次風頭，跟「殺風景」三個字有關。

有天上班導課，班主任向全班宣佈，外語學生除外的學生，上午的三堂課在進行時，被叫到名字的學生請前往校長室，校長想見見我們。不用緊張，只是例行的意見徵詢，老老實實回答就好，回來不要影響其他同學，直到所有同學都見過校長才可以公開討論。

我們立刻都大為緊張。但是看見那些先被叫到的同學回來，儘管有的神情嚴肅，也有的神態自若，甚至臉露笑容，漸漸都放鬆了心情。消息傳了開來，是教我們國文的舒老師惹了麻煩，被投訴言論涉不雅。我們那學校有名的校風開放，頗能容忍一些不按章法教學的教師，然而舒老師已經不是第一次挨投訴。事後大家都傳，是有同學回家向家長告發，由家長出面告到校長室，校方才不得不嚴肅處理。

事後大家對過稿，問話過程大同小異。先是閒談式的開場白，鼓勵發表對舒老師的大體印象。喜歡他的課嗎？喜歡甚麼不喜歡甚麼？對進度滿意嗎？漸進式將話題引到兩星期前那一課，有甚麼特別記憶？舒老師是不是跟一個同學口角？因為甚麼記得嗎？最後那部分才是針對性的問，你認為舒老師的言論是否「涉不雅」？你認為有過份的地方嗎？有沒有曾經令你不安？有沒有在任何時候提及下列的字眼或詞彙？……

我猜包括我在內的大多數同學的回答方案都差不多。能老實的部分盡可能老實交代，不能老實的部分便說些諸如不記得、不覺得、記不清楚之類的泛泛之詞。至於小汶的驚人答案是怎麼外傳的，大家都猜可能是當時也列席的學生會會長列姬兒。要不就是那個負責做會議記錄的校務處秘書宋小姐，平常跟學生很要好的。其他在場者——校長、副校長、國文科主任周老師、人事科的伍老師，都不太可能外傳。還有那個負責唸詞彙清單的官員模樣的陌生男人，就根本不是校內的人。

全班三十七個非外語學生，三十七張嘴吱喳議論，很快整個洋紫荊林校圈都轟傳我們學校出了樁「殺風景」風波、和一個「不怕死」的女生。集合各版本所得，小汶的答案大致是這樣：「舒老師那天是從唐代流行的雜記文體講起，討論文人抒發己見的手法，舉了一些例子。其中一個例子是唐代人著的《義山雜纂》，裡面關於十樣殺風景事的一段很有名，舒老師就順便講了這典故，同學都聽得很有趣，講到第五項『花下晒褌』，因為『褌』字跟『褲』字寫法相近，很容易混淆，舒老師就解釋了這個字，有個同學指出說老師講得『太清楚』，舒老師回答說『學不厭精』，只交換了這兩句。我個人覺得得益不淺，至少學會了『殺風景』這句話，比如說討論學問本是很好的事，卻要像犯人一樣被審問，就變成『殺風景』了。」

我私底下問小汶，這版本有多少真實性。她哈哈笑說有可能嗎？她有可能那麼大膽嗎？而且公然包庇舒老師？我有點氣她連對我這個知心朋友都不說真話，要不就是耍清高。當事件尚在喧嘩聒噪之際，舒老師默默請辭，聽說後來回母校任教了。

蔣明經也風聞小汶的威水史，有次約我們出來，他的見面招呼是：「嘿，兩位才女！」——

以前，只我一個被叫才女。

曾經我們在彼此的紀念冊上寫下「友誼永固」、「珍惜好知己」的字句，也真心相信著。可是斷裂說來就來了。不管多少年過去，洋紫荊樹下的對話，是我心頭的結。事情怎會演變成那樣的？那些明明是違心的話，是怎樣從我嘴裡一句句跑出來的？

那天，我和小汶如常在食堂吃過午飯來到校園，在我們慣常休憩的樹下草地坐下，一人捧一本書看。會考逼近，文學書都暫時收起而是看教科書。正讀著，小汶吐苦水說，家裡人多嘈吵，根本不能好好溫書，很擔心不能直升，問我最擔心哪一科——

我說最擔心中史，蔣明經就說搞不懂怎麼我能背整首的長恨歌，就是背不好那些齊王楚王……

「是嗎？蔣明經跟你背過？」小汶很感興趣地問。

我心想說出來也無所謂，索性告訴她蔣明經在給我補中史。

「怎麼我不知道？我也想補。」小汶說。

「好啊，下回我們一起去。」

「星期三你說不能同我搭巴士回家，就是去補習嗎？」

「因為你中史分數很高啊，我沒聽你說過想補習。」

「也沒那麼高，我只是奇怪你怎麼沒叫我。」

「我這不是叫你了嗎？也不過補過那一次……」

「你沒想叫我吧。」小汶說，帶著少許調侃的意味。

「我要是真的不想叫你，剛才可以不用告訴你。」

「是我問你才說的。」

我脫口而出：「老實說，就算是好朋友，也不見得要成天黏在一起。」

似乎是從這一句話起，情況急轉直下。

小汶看看我：「你覺得我黏住你？」

「我沒這麼說，我只是想，這樣下去不知道好不好……」

「你一直是勉強自己跟我一起嗎？」

「我怎麼會？我是為你想……」

「想甚麼？」

「自從你出了名，很多人想跟你做朋友，我想我讓開點比較好，不然好像都不讓你交新朋友……」

「我有說想交新朋友嗎？」

「我是說，就算你交新朋友，也不用怕我不高興。」

「是你想交新朋友，怕我不高興吧。」

「你怎麼了？怎麼我說左、你偏說右？」

「你不想跟我做朋友，直說不就好了？」

「不是這樣的，你想到哪裡去了？——」

我很著急她這麼理解，但是上課鈴響，不容我多解釋，便各自收拾書本，拍拍身上沾到的草屑跟塵土，向課室走去。那天放學，小汶沒有等我搭巴士一個人先走了，但我還不知道友情已出現危機，直到第二天學校見到小汶，過去跟她說話，遭到扭頭避開的對待，才意識到事態嚴重。

我想小汶並不是立刻下決心與我決裂的，而是慢慢回過味來，越想越不是滋味，最終來到我背叛了她的結論。眼看小汶加入由薇薇安帶頭的團體，我們的隔閡日深，連單獨跟她說一句話的機會都不可得。我的心彷彿變成了鉛塊，很重很重的墮下去。

最後是我偷塞進她的儲物櫃的道歉信奏了效，小汶應約來到教學樓的五樓天台跟我見面。那是我唯一想到能不受干擾談話的地方。上面有高壓電箱水箱等，學校明令禁止學生到上面去，平常只有校工上去幹活，看見學生便吆喝趕逐。可是令學生卻步的卻不是這些，而是關於那地方的鬼故事。只要是在這裡唸書的學生都一定聽說，曾經有不信邪的膽大學生在盂蘭節晚上到那天台上講鬼故事，其中一個學生從此患了失心瘋——

心焦如焚等了不知多久，小汶來了，卻站在樓梯口不過來，神態表情都擺明了，她不是來和解的。

「你想說甚麼就說吧。」語氣冰冷得不像她。

好半天，我說，你跟薇薇安她們一起，開心嗎？

很好啊，小汶說，板著臉。

面對這個對我板臉的小汶，我心慌得要命。

「我一直想，那天你說家裡吵溫不了書，是不是想要來我家溫書？」

看她默不作聲，我知道我猜得沒錯。

「我會想你來，你知道的，如果那天……」

她截斷了我：「你在說甚麼？我沒想去你家溫書。」

我知道都沒用了，不管我說甚麼都不會有用。就在那一刻，那天台上，某種東西崩裂，碎成片。

「你說完了嗎？我要走了。」

我說完了。

因為不是跟我親的那個小汶了。不是那個跟我臂挽臂、無話不談、親如姊妹的小汶了。

她已經背轉身又突然止步，倒回來。「對了，你借我那些書，我該還你，怎樣給你好？」

利刃捅進了心窩，劇痛攻心。

「這樣吧，我包成一包，寫上你的名字，放在儲物櫃頂上，這樣好嗎？」

「也好吧。」隨便她愛怎樣就怎樣吧。

「你記得拿，不然給人拿走了呀。」像以前有時訓我的口吻。

好的。我說。

她走了，從旁邊的窄樓梯下去，天台上剩我一人。

天闊雲高，一個倒栽蔥下去，中間身體下墮的時間必定非常、非常漫長。長到有時間回顧一生嗎？

據說是校工發現我倒臥石板地上，嘴角有血漬。醒來時人在校務處，學校聯絡了我父母，將我送醫，對外只說感冒不適。事實上只記得我望著遠處的地面，突然胸口難受，天旋地轉仆倒。

復元上學那天，一眼看見儲物櫃頂上有包書，不禁神傷。放那裡好幾天了，鋪了塵，包裝紙上是小汶的字跡寫的我的名字。假如我死了，那便是我的靈位——

沉默制裁維持了十二年。一九九二年，我們都已出國回來，踏足社會，在一次校友會的聚會上，我和小汶重逢。小汶走過來一把抱住我，我就知道，她原諒我了。可是原諒自己要難一些。

在那灣仔公寓，我們共度三十七歲生日。挑了同一天慶祝，買了個生日蛋糕，同許願，同吹蠟燭。小汶送給我一部手機——我的第一部，發給我一個「生日快樂」訊息替手機開張。我送她她想要好久的Gucci手錶。

當晚在小客廳的沙發上閒憩看電視，我問小汶，記得洋紫荊樹下的事嗎？這次小汶沒有像以往那樣閃躲，問我說：「我太絕情嗎？」

「你看得比我透。」我說。

「我是那麼崇拜你啊，潔。在我心目中你樣樣好。成績好，有才華，人又標青……」

「你在我心目中也是這樣。」

為甚麼又願意接受我了？我問小汶。

「這麼好的聊伴哪裡找。」

「打著燈籠找不到。」相視笑。

「沒跟蔣明經去紐約，你不後悔？」

有這名字加入，立刻那對話濃起來。

「像我這樣的人，自己一個比較好。」我說。

事實是，在我聽說林伊甸將要跟蔣明經去紐約之前，就已做了放棄的決定。做這決定的具體原因，不太記得了。好像是心底有個聲音說，算了，一個人走吧。一生中的重要決定都不過是這樣來的。

「你還想他嗎？」小汶說。

「記得他的口頭禪？」

「原來如彼。」

不約而同爆笑。

蔣明經喜歡亂改現成用語。「原來如此」，偏要說成「原來如彼」。

然後，冷風至。病人們最害怕的冬天來臨。小樓裡日夜開著暖氣，小汶無事不出門，每天翻雜誌，為聖誕元旦假那幾天假期找靈感。

美好日子結束的先兆，發生在除夕那天。我和小汶去中環一家日本料理店吃過豐盛的刺身餐，興之所至逛了一會商場，賞沿街的聖誕燈飾，將近子夜時去到蘭桂坊參加倒數，戴上閃亮卡紙做的尖帽、笑匠馬克思的大鼻子面具，吹紙捲哨，與倒數群眾一起發力喊，10、9、8、7、6、5、4——

沙甸魚狀況下擠地鐵回家，一進門，小汶便衝進廁所將晚上吃的全吐出來。這一敗下來，證實這些日子的休養沒有令她壯起來，她的身體狀況比我們想像差。互相安慰說只是吹風受了涼、休息一晚就沒事……

達摩克利斯之劍懸於頭頂，一切繫於一個問題：幾時掉下來？

很快立春。小汶開始胃口差，常感腹脹、胸作悶。腹腔癌的病灶接近胃，腹脹不是好現象。小汶越發提不起勁，懶出門。我笑對小汶說，這叫銅雀春深鎖二喬——

事情來的時候來得很快。小汶半夜腹痛難忍，我打999叫救護車，就近送到律敦治醫院的急診，小汶被推進去做超聲波。候診室裡等到凌晨五點，小汶被推出來。醫生說是腹腔炎，要留醫，她有親人在嗎？我到床前跟小汶說：「我要通知你母親，好嗎？」小汶的神情道盡了一切。

我致電在上海做護膚品生意的小汶的生母。她再婚後姓梁，我只稱呼她伯母。她答應搭當天的飛機回香港。

次日回醫院陪小汶等她母親來，看見她躺在病床上，打回原形，又一次被套上姓名手箍、注射管、鹽水瓶。假釋期滿，回來服刑。吊了一夜抗生素，腹痛止住了，看見我笑舉V手勢表示又過關，我不覺淚盈眶。

我將帶來的東西一樣樣擺好：洗臉巾、牙刷牙膏、拖鞋、衛生紙、潤膚膏、熱水瓶。路上買的新一期《壹週刊》、她正在看的村上春樹小說、她的MP3。她安靜看著，說：「我不會回灣仔了是不是？」我應聲哭。

「說個開心的。潔。」

我只是哭。

「那麼，說個不開心的。」

我還是哭。

「你知道我多喜歡這段日子，潔。」

「我也喜歡，汶。」

「謝謝當我的nightingale，潔。」

「為甚麼是你病？該是我。」

「你先別高興，長命那個有得受的。」

「你怕不怕，汶？」

「就當看小說，總會看完的。」

我們捏住手，兩隻手都冰凍。

「不要痛苦，答應我，潔。」

我掩臉哭。

「你知道我放心不下你，潔。」

「我太沒用，汶。」

「我是說你易吃虧。你記得小時候去食物部買吃的，你總是搶不過人家——」那地方是個餓鬼獄。沒有排隊設施，學生推撞亂擠，扯頭髮拉衣服，隨時給撞個肘搥要痲個好半天。我常常擠不進去，就是擠進去了也被擠出來，等人散了才輪到我，只剩幾秒鐘把買到的東西囫圇吞咽，上課鈴就呤呤響起。有小汶在的話，兩人手拉手往裡掙，一下子掙破人牆——

「你要找個伴，潔。答應我你要找個伴。」

「我是自己的伴，汶。」

「人都要有個伴，就連空空道人都有個瘋和尚跟他作伴。」

「像你跟我？」

「像我跟你。」

我又哭。

「說個開心的，潔。」

「四月我們去京都看櫻花。」

「你真是深知我心，潔。」破涕笑。

老姿勢地擁抱，黏貼久久，我知道這是告別禮。

隨著梁太太的有力的介入，小汶被帶到內地，開始另一輪的治療。我深感我的決定是對的，把小汶還給她的家人，而不是繼續霸佔她。年底我去上海探望，在淮海中路的太平橋畔，與小汶和她的家人和上海群眾一起倒數迎接新年——

沒有小汶的公寓是個墓穴。我照常作息、譯稿，然而都不一樣了。惡頭痛又來擾，看醫生、針灸喫藥都不見好，趕稿漸感吃力。不過反正接案率在下降。一向給我提供案子的幾個聯絡人，就像約好似的先後離職或調遷，使我面臨稿源枯竭的窘況。我搬回父母家——

小汶真的就像她自己說的有九條命，幾度的緩解與復發沒有擊倒她，一次又一次挺過來再戰一合，從上海轉戰到北京、廣州，又回到香港。我每去看她一次，心情便悽慘幾分。既佩服小汶的鬥志，卻又寧可她不要那麼堅強、得過且過一些。

二〇〇五年，小汶開始要貼瑪啡貼止痛。很快連瑪啡貼都無效，要打瑪啡針。

下半年，又有個磨人的新希望冒出來。有個治癌新藥在新加坡做臨床試驗計畫，招募自願者。是以白血病患者為對象研發出來的抗癌藥，可截斷某種令癌細胞異常增生的蛋白質的信號，而小汶所生的腫瘤正是含有這種蛋白質。她告訴我這消息時非常興奮，認為機會難逢，既可免費服用昂貴的抗癌新藥，又可換個環境散散心。梁太太有位定居新加坡的好友願意提供食宿，連最大的難題也獲得解決。雖然萬分憂心她此去只是又一次的白受罪，但我說不出叫她不要去的話。到了這時候，只能讓她做想做的事。

到機場送行，看見她是坐在輪椅上，瘦得皮包骨頭，我抱抱她，像抱一束樹葉。推著輪椅的梁太太明顯憔悴，這些日子她帶著小汶到處求醫，想必挨盡辛苦，母女倆的距離卻因此拉近。沒時間多說甚麼她們便要進閘，小汶笑她那明淨的笑，不住回頭向我舉V手勢。我想該是她這樣，無論如何該是她這樣。笑臉、V手勢，鬥志昂揚而去。

小汶前後傳來八封題為「新加坡情書」的電郵，記錄試藥經過。是她一貫的活潑文筆，談見聞、生活瑣事。頭幾封表示對進度滿意，很樂觀，說感覺「瘤縮小了」、「肚子軟了點」，跟她那年在上海做治療時說的一樣。最後兩封，一開頭就說「好不容易來到電腦前」、「起床寫信是一天的大考驗」，可見身體已相當虛弱。多封信都提到藥物副作用引起的症狀：手麻痺、臉腫、嘔吐、骨痛。但她毫無怯意說：「好戲在後頭，希望這副病骨頭頂得住。」

第八封電郵之後就沒再收到信。我胡思亂想過了幾天，某天深夜手機響起，一看見來電顯示是個新加坡號碼，不祥感湧上心頭。電話另一頭傳來小汶的微弱聲音說，我想死呀，潔，想死了。六年來第一次，她這麼說。我說知道了，除飲泣外無言。

十二月，香港的秋冬交，我和小汶都喜歡的月份。心碎的月份。

三個月後，我和小健在鰂魚涌的一家咖啡廳見面。他在那附近上班，趁放午飯時間來見我，向我略述小汶去世的情形。小汶最疼這弟弟，那年已是三十五歲的成年人，在電腦軟件公司做事，第二個小孩剛出世。那家族特徵那麼明顯，一見他，便眼背一熱。他將帶給我的兩樣物事放在桌上。小汶的Gucci手錶，和一隻淺粉紅的小玳瑁盒。盒裡，是小汶的骨灰。「姊姊交代的，說你們有過約定。」小健說。

約定來生做姊妹。同生活，同出嫁。讓我保留一部分骨灰，讓她伴著我。一時的感情話，她記住了。

他是接到母親的告急電話趕去的，小汶已情況危怠。藥物副作用太烈，她身體又太弱。折磨逾月，醫生提前結束她的試藥療程。本想讓她休養幾天就回香港，但她一天天差下去。梁太太致電通知在夏威夷一家大酒店當廚師的小汶的生父，他跟小健同一天抵埗。小汶剛從醫院抽完胸水回來。「兩支100cc針筒都抽滿了。」小健說。她還笑嘻嘻，談笑如常。外地人住院貴，所以堅持不過夜。看見他們來了很高興，叫臨時僱的幫傭去一間她吃過覺得好的客家餐廳買外賣，強撐起身跟家人吃了頓飯。

「姊姊真硬淨，不知她怎麼做到的。」小健說著淚下。「我們還喝了酒，日本的梅酒……」

當晚母親來叫醒他，說要送姊姊去醫院。在入院當時即意識昏迷，叫她名字尚有反應，但是口不能言、目不視物。彌留日餘，依靠助呼吸器呼吸。直到醫生簽字認可病人已不可能再度萌生意識、伯母授權醫院停用助呼吸器，小汶的呼吸才停止。香港時間凌晨四時許。

就在那邊辦了簡單的喪事，遺體在那邊火化。

骨灰安放在新界山上，一座寺廟的骨灰堂裡。

四十三歲的我初次知道，有種景象是，石砌的龕，圍成了城。

有種心情是，清明、重陽、生忌、死忌。

某日逛書店，看見有淺水灣風景的明信片，便心血來潮買了張，回家坐在桌前，在空白面寫：Dear J——

我恍然，也許我的好友比我更了解自己。生具慧根的小汶，早已看穿我不過是個普通人。既是普通人，只要有一線空隙，便又開始尋找新樂趣。我將明信片寄到上回見面、占留給我的住址，但是石沉大海。

06

星光又來了，又是過境香港去尼泊爾，去高班寺參加十一月份的禪修營。絹子託他帶了兩本書給我，用藏教色彩的織錦包裹。一本是《僧伽吒經》，一本是釋一行法師著的《橘子禪》。書裡夾了張短箋：

聽星光說你身體康復，真替你高興。失去好友是悲痛的事，我們也都懷念占，請節哀。得空來三藩市玩，住我們家。絹子

星光去了個多月回來，人有些病容，說是在山上大感冒，又膝關節舊患發作，一半時間在養病，最大收穫是兩隻大皮箱裡的純銀法器。不丹國王的長女安排他跟一個銀匠家族買的。為了套現金為國王打造賀壽的銀器，破天荒把家當拿出來賣。幾十件法器把我家客廳擺得滿坑滿谷，說是準備捐給他的師傅建佛壇用的。全家詫笑圍觀，一致意見

是「這人走火入魔了」。捺住性子看他一件件展示，熟極如流講解名堂、用途、鏤刻藏文的含義。此外買了大包的沒藥、乳香等香料。搗碎一小撮點燃，頓時滿室生香。所有法器中最珍貴的，他說是那個叫唱碗的大銅碗，手執短棒輕敲碗緣，它便嗡嗡嗡嗡吟起來。

父母進房後，他取出一隻銀鐲子要送我，上面鏤刻著藏文的六字真言。我往回推說不戴首飾，他說這不是首飾，是護身的，非要我試戴，大小正合適，只好收下。

他還有一天在香港，說想去趟寶蓮寺看看他那年安放母親骨灰的所在地，我便陪他跑了趟。要不是有他帶路，也不會知道殿後別有洞天。穿過一道柵欄，沿林徑迂迴深進，不覺到了山腰上一座石邊小亭，斜對山前的大佛。鄭母的骨灰埋在亭側的林地裡，地點隱秘，他上回來砌了個小石陣作為標識。他向大佛的方向參拜，又拜過土地，最後祭拜母親，泥地裡插一炷香。

下半天沒事，陪他去了土瓜灣看他移民前住的那條街。四十年的變遷使它面目全非，卻還有局部保持舊貌，包括他住過的那棟四層高的大廈。是鄭父做消防員時跟幾個同事合資建的，左鄰右舍全是消防員家屬。他的懷舊獨白一路沒停過，九龍城寨交朋結黨、黃大仙地攤市場賣魚、跟討「保護費」的流氓打架……。移民證件批下來時正好是六七暴動，在滿城風聲鶴唳中離開了香港。

次日送他去中環機鐵站搭機場快鐵。買票時他說，給你一百塊買張來回車票，送我到機場？我不答，他也就不堅持。到了月台閘前，接近兩百磅重的身軀來個四十五度轉身與我面對面，事先徵求同意說，摟摟可以嗎？於是輕摟摟，卻又延長至久久不捨的擁抱說：會是最後一次嗎？說聲謝謝放開，抱歉說害我陪一個關節炎老人逛一天真不過意，又開玩笑說，老了，不然現在就把你揹走——

我目送他，提著兩皮箱法器步入車廂。

另一輪的越洋網上聊天開始。隨時上Yahoo Messenger按呼叫鍵，那邊立即發個呲牙傻笑的圖案過來，代表響亮的一聲「在！」他似乎任何時候都在電腦前。

你都不睡覺？我好奇問。

現在我們殊途同歸。他說。

意思是，跟我一樣成了「書桌駕駛員」。

他是連睡覺都坐在電腦前睡，對住新安裝的六扇三星大屏幕，早上看華爾街股市，半夜看亞洲跟歐洲的，讀大量經濟分析報告和時事分析，累了就椅子上打個盹。空軍和聯合航空時期養成的習慣，隨時隨地都能睡。

金融海嘯之後，華爾街有個風吹草動便打個越洋電話來，囑我買米、買罐頭、買食水，去銀行提現金，叮囑我要向銀行職員指定要小面額舊鈔。手機上顯示「不提供號碼」多半是他打來，彷彿我有條專線直通「浩劫預言辦公室」。

對他來說都不是遙遠的事。他預期有生之年會看到，一種他稱為「文明的喪失」的災難狀況。信貸崩潰，貨幣成廢紙，國家陷入無政府狀態，人類回歸原始，無自來水無瓦斯無電力，遍地賊盜、亂民，處處是搶掠、暴動——

致電賀他五十九歲生日那天，抓住我嘮叨了一堆：「從前我有20/20完美視力，兩百米射程的標靶沒失手過」、「每天坐在這裡看道指恆指，就是樂觀不起來」、「絹子說我成了鐘樓怪人，都不下樓，一點小事就亂吼」——

忽又興興頭頭擬著未來大計：「過兩年等絹子也退休，房子也修好，真正可以過點隨心的日子」、「兩份退休金加起來可以過得很舒服，說好一個個國家走」——

人生兩件未了的事，是修房子，和小兒子天河的婚事。

兩個成長的兒女都已成家遷出，只有天河跟他和絹子過。他是水利工程師，親戚圈裡搶手的單身漢。「等他也結婚，便死可瞑目。」

問我在寫甚麼。我說隨便寫點。
「來美國寫？」鍥而不捨每次問。
「給你買張機票，你來就可以。」
「我哪都不想去。」我說。
「要不要我騎匹馬來，把你揹來？」
傳來呂洞賓的詩：「明月斜，秋風冷，今夜故人來不來，教人立盡梧桐影。」
我們又陷入那怪圈，三十年前開始的怪圈。

好不容易找到個字幕公司的譯字幕工作，是小汶最反對我做的「雞碎錢、做個死」工作。常常好奇這些節目在哪個頻道播，香港的電視上從來沒看見過。有個節目教人補舊沙發，那舊沙發破得不成樣子，皮綻開，裡面的填塞物洶湧出來，我一陣心悸，像看見了自己。

有個節目講天主教神父驅鬼。美國小鎮某大戶人家鬧鬼，每早發現有個空房間像有人睡過，床鋪被弄亂，物件移位。床上存留人體躺過留下的人形印，枕頭一片濕。那個家族的傳統，所有空床都要鋪上全套的枕被，讓房間保持有人住的樣子。驅鬼神父嘗試將床鋪墊褥拿掉，當晚房間傳出巨大異響，聽來像人發脾氣亂擲物件，次晨去到房間發現凌亂場面有如颱風過境。於是將床鋪墊褥還原，於隱蔽處安裝一部預設啟動時間的錄音機，果然錄到一種呼嗤呼嗤的抽泣，彷彿每晚有「鬼」來這房間哭——那是我，我癡想。

又有個節目講陳年懸案。有個理髮師殺死全家，岳父母、老婆、三個孩子，人間蒸發三十年，警方用盡所有新科技都找不到人，懷疑已整容、易姓名、改行——會不會就是我？我又想。

清明節，中環站地鐵月台上，花束前站著個人。花束的另一邊，有個人擋了路。一抬頭，是蔣明經。

「嘿，金潔兒。」站在那裡笑，我認得的那種張狂。

「好久不見啦。」

「好久不見。」

「好漂亮的水仙，給誰的？」

「簡小汶。她死了。前年。」

一怔。「怎麼死的？」

「Cancer。」

兩秒頓。

真不好彩，他說。

是的。不好彩。

車來，我們上了車。問我哪個站下，我說荃灣。他說他到尖沙咀。「開會，不然陪你去。」

怎麼你搭地鐵？我說。

他笑。「怎麼我不該搭地鐵？」

「只是有點奇怪。」

「早知道搭地鐵會碰見你，我多搭地鐵。」

列車開過金鐘，進入維多利亞港海底。

「你知道，我想過，會在哪裡碰見你。」

「真的？」我撥撥髮，搔首弄姿。

「在做甚麼？還在寫？」

我說在做翻譯，從背包取出名片遞上。他的手機響，對話進行間，列車已抵尖沙咀站。

倘若是他電影裡的重逢戲，他會怎麼拍？會是這樣嗎？來不及多說一句話便匆匆互道拜拜，男生在車廂外向車廂內的女生招手，手裡還捏著女生的名片。

一星期後收到電郵：

潔，附件是個電影對白本，翻譯成英文，在你該是舉手可就？我公司只是間接參與，小本製作，稿酬可能偏低。你考慮，盡快覆，謝。蔣

初時有點懷疑這工作是他捏造出來的，想想不大可能，那公司的老闆不只他一個。但至少他在意，出了力。以他今天的名氣，已是很念舊情。我也領情，寫了個道謝電郵。

此後常有些零工給我。他沒有再親自聯絡，都是他的助手的助手寫電郵。去過他公司兩次看試片，沒看見他。那年他有個新片子出來，我幫忙做了些文案，獲贈兩張首映會請柬，都送給了朋友中他的仰慕者。

再見面，是在一個學生畢業作的放映會上。我幾年前跟其中一位學生有過交接，她

報讀這學校時找我給她寫推薦信，我主要是來看她的作品。

完全沒有預期會在一個大學禮堂裡舉行的小型放映會看見他。一進那禮堂，看見他被一群學生簇擁著簽名拍照，正想原路遁逃，他卻拋下那群學生向我走來。

「金潔兒，怎麼想逃？」

「找座位。」我說。

「跟我坐。」

只好跟他坐到前排，深悔出門前沒多花時間打扮。有誰來搭訕，他便介紹說這位誰誰，那本甚麼書的作者聽說過嗎？令我非常窘。翻閱場刊才知道，放映會之後有個交流會，他是被邀請來當交流嘉賓的。禮堂裡座位短缺，我佔據的座位是個不屬於我的嘉賓座，惹來一些猜疑目光。那位我來捧場的女學生過來打招呼，我像遇到救星拉著她不放。司儀上台宣佈放映會開始，燈滅，總算可以在黑暗的掩護下喘口氣。

看戲的當兒，但覺時光飛逝。不知蔣明經當時有沒有想，像這樣和金潔兒坐在一起看電影，是多久沒有過的事了。因為我當時可是在想，像這樣和蔣明經坐在一起看電影，是多久沒有過的事了。那個時候，那怕是期末考在即、有兩三個測驗要啃，都照去看電影不誤。每一部的狄龍姜大衛、林青霞林鳳嬌、山口百惠三浦友和。每一部的阿爾帕仙奴、羅拔迪尼路、李察基爾。放了學逛去九龍城的國泰，又或是搭巴士去普慶或倫敦、佐敦的民樂。看完總是心情滿得要溢出來，恨不得電影跟人生可以調換。蔣明經早已超前我很多的許多中外大師的作品都看過，《畢業生》、《教父》、《午夜快車》、《獵鹿人》、《的士司機》，他大角咀家的房間四壁全是電影海報。但我常覺得讓他真正著魔的電影是胡金銓的《俠女》，記得那天看完出來他像癲了似的，整條彌敦道走完了他的觀後感還沒有講完，半夜還打電話給我講到天亮，從此一路癲了下去，離開文學漸行漸遠。後來參加了一個電影會，結交志同道合的朋友，在某次電影會活動認識了林伊甸——

那位相識學生的電影放過之後，我跟蔣生說去打個電話，便離開了禮堂。我跟自己說這樣比較好，散場後多半有同業或學生邀他去參加別的活動，為免他為難，避之則吉。

年底，我的一本舊作重出，寄了一本給他，很意外他回了封頗感情的電郵：

潔，恭喜你又出書。重讀你的文字，像給誰玩了時光倒流的把戲。記得嗎？金蔣之治。那可是我們光輝的一頁。重逢真是惱人的不是嗎？連我這不主張懷舊的人也未能免俗。現身莫問三生事，惺惺依舊惜惺惺。望你重振筆風，寫出佳作。蔣金的年代。金蔣的年代。

對我來說，卻是恥辱的一頁。是被我寫壞了卻無法抹滅的一頁。倘若小汶沒有轉校、而跟我一樣留校直升，也許根本不會有甚麼蔣金或金蔣的年代。

小汶剛跟我斷絕的那段日子，我自暴自棄，完全無法振作應付即將來臨的公開試。都已經做好了心理準備被發配到雜牌學校、跟那些無賴學生做同學，甚至有種追求這樣的下場的欲望。在學校裡我孤立自己，午休時跑到小學部教堂側的花園躲起來，一放學就走人，繞遠路到另一條路線的巴士站搭巴士，即便要走過一條冒著尿餿味、又長又黑又少人行的行人隧道也在所不計。其實每次走我都有點害怕，可是沒有第二條路可以通到那個巴士站。有天放學照常走這路，半路發覺有個人一直跟在我後面，我放慢或加快都緊跟不捨，快走到隧道口時回頭一瞥，原來是蔣明經。

「嚇死人！一聲不響跟在人家後面！」

他鬼笑。「怎麼最近神出鬼沒？今天好不容易看見你出校門。」

「找我幹嘛？」

「不是說好補中史？」

「不是跟你說不補了嗎？」

「你跟簡小汶怎樣了？吵架了？」

「不關你事。」

「中文學會的人都這麼說。是真的？」

「不關你事。」

進入隧道洞，洞壁間迴蕩著腳步聲的回音。

「你走這條路是避開她？」

「她現在跟薇薇安好，不理人了。」

「不會吧，小汶不像是這樣的人。」

「你這麼了解她？」

「是不是有誤會？我來當個和事佬。」

「你還說呢，都是因為你。」

「因為我？」

「簡小汶說她喜歡你，你喜歡她嗎？」

話說了出來，我的震驚不下於蔣明經。

「喜歡嗎？」我不放鬆。

他不作聲。

這沉默不是好兆頭，我把心一橫。

「兩個裡面揀一個，你揀誰？」

「你好沒道理，我幹嘛要揀？」

「那我替你揀，你揀她吧。」

我逕自向隧道深處走去，月洞形的隧道口像浮在半空，我加快腳步走。

蔣明經追上來。

「我約小汶出來，你們當面談……」

「有甚麼好談？人家現在是大紅人，薇薇安要支持她競選下一屆的學生會會長……」

「真的？哪個薇薇安？」

「政治科學會的會長，出名會搞公關，有她幫小汶拉票……」

我順著嘴說：「但她說小汶欠人緣，改變主意支持我，小汶就吃醋了。」

「原來如彼。」蔣明經笑。「剛才你說是因為我，嚇了我一跳。」

「不拖你下水，你太舒服。」我笑。

「索性我也出來選，蔣明經與金潔兒聯手，打遍天下所向無敵……」

「把讀書會再搞起來怎樣？打出『兄妹校學生會首度合作』的招牌……」

「你這主意好！」笑他那狂生的笑。

我們說說笑笑向隧道口走去——

會考放榜，我和蔣明經都考得九優，直升原校唸中六。但是成績優良、本可留校直升的小汶，卻選擇轉校到港島的一所學校。

我在薇薇安的支持下當選成為本校的學生會會長、中文學會會長。蔣明經也順利當選成為他那學校的學生會會長、中文學會會長。我們在任期間，兩間學校合作聯辦各種活動；體育、康樂、文藝，都有聲有色。中文學會成為校內第一大會，積極辦話劇、文藝營、書展、刊物等。但我們最驕傲的事蹟卻是讀書會，從起初出席率不足十人，演變到每兩週舉辦、出席人數超過四十人的盛況，以致英文學會、法文學會都效法我們辦讀書會。每次有活動海報貼出來，落款處總有兩個並排的人名，打橫的頭兩字有時是金蔣、有時是蔣金。雖然我們從未公開承認關係，卻是被公認的一對，難免有些好事的學弟學妹們亂編些瘋言瘋語，將這一年稱為「金蔣之治」。

求學時期最出風頭的一年，卻沒有小汶在我身邊分享勝利。然而浴在成就感帶來的光輝裡，起初並不覺得太大的遺憾。直到有天和薇薇安去看電影，在戲院大堂遇見也來看電影的蔣明經和林伊甸，我像當場挨了記耳光，所有良好感覺在一瞬間消失——

學年才過了一半，便聽說小汶去了英國。不知她為甚麼不唸完這一年才走，但我已不配關心她的事。學期尾，我也做了隻身前往美國中部的大學、不與蔣明經同去紐約的決定。我不讓他來送行，只在上飛機前，用機場裡的免費電話撥了個電話給他告別，只說了一句「我在機場」便眼淚狂淌，抱著電話筒只是哭。「飛高點！」電話裡傳來他的祝福語——

又數月過去，他公司的助手小姐致電說導演想約見，在尖東的戶外咖啡廳，下午兩點。到場才知道是多人參與的業務性會議，除蔣外，有位大名鼎鼎的張導演也在座，加上兩人的助手，幾個人吞雲吐霧討論將一部德語片改編成港版片的可能性。蔣指指我對那導演說：「文戲交給她，你們文武合璧。」

我立刻明白，蔣有心提拔我給那位導演當編劇。如果是發生在十年前，我會更雀躍一些。回家看碟，是個殺手片。講一個號稱來去無聲息的職業殺手在某次執行任務中放過一個熟睡的女人，事後被命令殺她滅口，於是監視她，在這過程墮入愛河。為愛情故，決心洗手不幹，但警察跟死敵死追不放。電影下半部講他帶著這女人逃亡、用智用技終於成功的經過。電影拍得很有藝術感，有個有趣的細節是殺手的瑕疵。那個被他放過的女人被警察問話時憶述，她在熟睡中聽到一種很輕的低哼，游離在聽覺邊緣的一絲低吟。電影後來揭曉是他兒時在孤兒院唱過的兒歌，所以事實上他並非來去無聲息，而是一邊執行任務一邊哼歌的。我將這細節強化，塑造了個中國殺手，寫人物素描、情節大綱等。這期間張導演幾次打電話來問進度，聊幾句，是個親切的人。如期交稿，除秘書小姐確認收取的電郵外，很久沒下文，倒是正中下懷。

約莫三、四個月後的某天，在電話上跟蔣的助手交接一宗文案時，順口問蔣導在不在公司。當時只是想著，要是他在公司就聊兩句，順便謝謝他替我介紹那工作。本來開會當天就該寫個電郵道謝，忘記了沒寫。過了時效再補，顯得小題大作，然而心裡始終惦記著有件事沒做，電話閒談裡順便提一下是最自然的。一聽說他不在香港就後悔，但那助手已留了言。沒想到他特地從釜山打電話來，問我找他甚麼事。他那邊吵得很，像是身在忙亂的環境中，只好臨時編個要緊些的理由說：「我不是著急，只是那個殺手片不知道怎樣了……」

「沒消息嗎？」

「如果是我搞砸了，你會告訴我吧？」我故作輕鬆。

「我找人問問，回頭覆你。」便掛線。

一星期後，張導演親自打來，很抱歉公司決定擱置那個德語片項目，但是很喜歡我寫的提綱，想找我寫個他在構思的故事，約在上次開會的那家戶外咖啡廳見面。

是個現代背景的邪教故事，發生在香港與大陸的邊界。神秘地下教派的教主有個天生麗質的養女，養大到十八歲，將她包裝成有治病異能的救世聖女，利用她騙財和吸引教徒，結交地方勢力。聖女良心未泯，因養育之恩屈從。正當行騙計畫如火如荼進行、聖女聲譽日隆之際，她愛上新入教的年輕男子，不知他原是臥底警探。劇情峰迴路轉，正邪鬥與愛情兩條線交錯發展，此外穿插一條支線是關於教主的親生子。發育不全的智障兒，自小被教主禁錮在地牢裡，被聖女無意中發現，想放他逃生，教主一怒之下將她與智障兒關在一起，聖女被姦污，兩人卻因此產生微妙的感情……

開完會已是上燈時分。涼風有信，不久又是小汶的忌日。去地鐵站途中經過一家

7-11，只見門口雜誌架上，有本暢銷八卦雜誌上的封面人物是蔣明經。酒店門前的偷拍照，標題包含「夜宿」、「韓女星」等字眼。我買了本坐在噴水池邊的長椅看，是記者很賣力氣蒐證的大篇幅報導，言之鑿鑿披露來龍去脈，扯上一度亮紅燈的婚姻、與演舞台劇出身的太太的拍拖經過，連就讀國際學校的獨生女兒也被跟著追訪——

我看不下去，掩上書。他不是把老婆孩子掛在嘴邊的人，自從幾年前再碰面，從未聽過他談家事或感情的事。小汶病中的那些年，蔣生的電影、八卦消息，我們若即若離都有跟進，印象中這是他第一次鬧緋聞。回想他從釜山打來那通電話，確是顯得心不在焉——

他並不是一出道便一帆風順。紐約大學電影學院畢業回來，搭新浪潮末班車拍了部愛情片，不賣座，浮沉好幾年。拍廣告、搞話劇。電影業的黃金期到了尾聲，遇見個賞識他的伯樂肯投資，拍了部叫好叫座的警匪片才轉運。這些年他都自愛，行事低調。這回被逮到，完美男人的記錄有了污點。

正想他，他便打電話來，劈頭就問「你在哪裡」。在帝苑酒店的迴旋處等他開車來，上了他的黑色寶馬，心律都正常不回來。

我問去哪裡，他說「去沒狗仔隊的地方。」

車子上了高速公路，似乎要去遠地方。

「真高興你就在我公司附近，我們該定期做做這種事。」

「謝了，我不想在八卦雜誌上讀到自己的名字。」我說。

他笑，也不介意。

重逢以來，這回最有老朋友的感覺。

我簡單說了張導演的故事，說他想找我寫。他恭喜我說：「他是重視劇本的導演，很挑編劇的。」

我笑說打算推掉劇本。

他錯愕。「為甚麼？有甚麼問題？」

「寫個港產商業片為了甚麼？我好像已經過了可以很投入的階段。」

「為了不要失業，這理由怎樣？」

我立刻後悔失言。電影是他的生命，他耗費半生經營的事業，這回費力氣做媒人給我撮合這份想必不少人爭的差事，我的態度未免太不當一回事。於是改口說：「張導演叫我給那故事想個結尾，我在想只能是逃亡戲收場。臥底警探帶著聖女和智障兒逃亡，智障兒為了救聖女犧牲自己，臥底警探殺了教主，變成殺人犯，帶著聖女逃到內地一個偏遠小鎮……」

「智障兒死時把異能給了聖女，聖女成為真正的聖女……」

「聖女發現她懷了智障兒的骨肉……」

「而那個教主其實沒死……」

車廂裡充滿我們的笑聲。

車子奔在青馬大橋上，窗外是馬灣海峽的夜景。難道是去機場？他要離開香港？但那一刻開心得一點也不關心去向，也不想打破那懸疑。再也想不到今生還能和蔣明經這樣，坐同一輛車往同一目的地奔馳。

那邊真的沒有狗仔隊，記者的觸鬚還沒有伸展到機場博覽館。他拖住我讓我靠近他走，圍巾蒙臉像兩個患重感冒的人，混在人龍裡進入了展館。

我驚呼出聲。橫跨整面牆壁的大型屏幕上，是製成電子版的清明上河圖。郊野、河川、拱橋、市集、酒館、城樓，從這頭鋪展到那頭，活動電子人在上面走來走去。

「拍個《汴京舊事》怎樣？」蔣難得開心笑。

跟隨觀展的人群緩緩前行，看販夫走卒、轎子隊、騎驢女子、嬉戲村童。日蛻成了夜，夜又蛻成日，每四分鐘蛻一次日夜。我們有十五個日夜可相聚，偷來的十五個日夜。

人們紛紛高舉手機攝錄機拍照拍影片。我也拍。

「你一直在拍那兩個人。」蔣說。

「像好朋友。」我說。

兩個提著燈籠的男人，穿過黃昏，穿過林蔭，邊走邊聊，指手劃腳聊得很起勁。兩盞燈籠搖搖晃晃，從宋朝搖過來。

「像不像我們以前？」我說。

「指手劃腳那個是我，靜靜聽著的那個是你……」

「也或許是小汶。」

他噤口沒接下去。

「小汶有沒有向你表白過？」

人群裡挨擠著，他肢體語言裡的輕微變化沒瞞過我。

「陳年史，講來幹嘛。」

我當下瞭然。

「你有動心嗎？」

「說不動心是騙你，小汶那麼優秀。」

會考放榜後，她跑到他學校找過他。下著小雨的陰天，兩人在半濕的籃球場說話。她告訴他她在考慮轉校，因為不想跟金潔兒繼續做同學。但是如果他留她，她會留下來。

「我沒想到她用情這麼深，她是認真的，她要我揀。」

「你怎麼回答的？」

「我說我已經承諾了你。」

我沒期待這答案。是曾經用人格換來的答案，是願意用永生換來的答案。

「我對不起小汶。」

「那時我們還是小孩。」

三個十六歲的半大孩子，在那個風大浪大的夏天海灘上，從這頭走到那頭找蕭紅墓——

扶欄前行，看船夫搖櫓、酒肆作樂、縴夫拉縴、駱駝商隊進城。

「五分鐘。」廣播器宣佈。

來到汴京城外，燈火闌珊處，最後一輪日夜。

只聽見蔣明經說：「我太太提出離婚，我答應了她。」

我花了好幾秒來消化這兩句話。立刻我想到這就是他今天想見我的原因，想告訴我這消息。

「怎會搞成這樣的？」

「是呀，怎會搞成這樣？我跟你。」

「誰知道，你說呢？」

「誰知道？」

「因為不饜足？」

「因為聰明伶俐？」

「因為多愁善感？」

「因為對你的情意結？」

「講大話，你是落難才會想起我。」

「我真是這麼差勁？在你心目中？」像是深自喟嘆。

相聚最後一夜。念去去、千里煙波，暮靄沉沉楚天闊——

喟嘆，我們越來越常做的事。

屏幕反光勾出一張我願意銘記的臉。曾經就是這個人，這眼前人，為他想自殺過，謹小慎微過，狂熱過，冀盼過。如今來到這離別前夕，忽然我心底有片刻的清明。

「記得那年隧道裡的事？」

兩個十七歲的中五生，走在又長又黑的行人隧道裡，邊走邊談合作競選學生會會長的事，談到興致高漲，在隧道口的天光亮處，那女生動作快速地吻了男生，說：「永不反悔？」——

「你記得你是怎樣回答我的？」我問蔣。

「這一世都記得。」

「記得甚麼？」

「你是優——」

「我是異。」

有他這句話，我滿足了。場館亮燈，人們魚貫離場。

送你回家？他說。

我說不了，我想自己走。陪我走到地鐵月台？

想必從前看過的電影裡也有過這樣一幕：列車進站離站的月台上，一對昔日的戀人分手。揮別手勢中，車啟動，載著女子遠去。車廂內，終於那女子低下了頭，讓眼淚潺潺落。此時女聲旁白悠然蕩入，是久遠以前曾經熟背的山口百惠三浦友和電影的對白：

——生命是風箏，易碎又飄零。

——線斷了，風箏飛到很遠，我傷心的一直哭。

——我願意做你的風箏線。

07

那同一年即二〇一一年，分別在春節和中秋節，我收到星光傳來的兩封電郵。第一封關於絹子被確診患癌，第二封關於絹子去世。星光有個大家族，兩封都是傳給多個收件人的公告電郵。第一封說：

親愛的親戚朋友們：對我來說這是封難寫的信，請恕我言簡意賅。

絹子於兩天前入住凱薩醫院。檢查報告的結果證實，絹子的肺癌已發展至第四期，即末期。就是說，癌細胞已擴散至身體多個部位，即使進行切除手術也無補於事。我們將蒐集情報，權衡利害，然後決定治療方案。然而，任何治療只能減輕症狀，延續少許壽命，生活質素卻可能下降。

醫學數據顯示，患第四期非細小細胞肺癌女性的平均存活期為八個月，能活到五年的最長存活期的病人少於百分之十。絹子的想法是保持狀態，享受餘下的生命。身為佛學的學生，我們都理解生命循環不息的道理。我和絹子都接受這是我們的果。

絹子目前很易疲倦，但她願意見見親友們。倘若你們也想見絹子，我們會很感激任何短暫的探訪。醫院的住址及房號貼在下面，謝謝各位。星光鄭

第二封：

親愛的親戚朋友們：絹子在兩個月前做出停止一切癌症治療的勇敢決定，自此在家靜養。她在星期二凌晨於睡眠中安詳離世，我當時陪伴在側。

星期四上午九時，我們所屬的佛教團體將為絹子舉行藥師佛淨化儀式，為她消除轉世路上的有害能量和障礙。儀式將假三藩市唐人街的佛教中心舉行，歡迎所有願意參加的人出席。

星期六上午十一時，我們將於佛教中心設午齋，之後舉行簡單的瞻仰遺容儀式。非常榮幸獲得我們的佛學師傅耶西達雷扎巴仁波切、以及居托寺僧眾的俯允，為森絹子太平洋火葬場舉行往生儀式，歡迎所有親友出席。星光鄭

兩封電郵之間的六個多月，星光不時會打電話來報告近況，話題圍繞標靶治療、靈芝療法、各種食療。不惜花大錢，多昂貴的藥物都買，情緒在兩極間擺——我親歷過也見證過的癌症患者家屬症候群。

八月初某夜，香港時間近子夜，是那通宣佈一切結束的電話：「她去了，今天凌晨。」

年底生日便六十歲的絹子，原籍北海道札幌，是美國第三代日僑，只懂說簡單的日語。高中三年級，有天跟同學去學校的西洋劍劍擊場看熱鬧，在那裡認識在練劍的星光。

我在漁塢晃盪的那段日子，很多次和占從日落區出發去沙沙里多，要是星光搭我們便車、而那次又走海景路線，從艾爾卡棉奴路入舊軍事區，途經林肯大道山路上的史葛特軍營，星光一定指指遠處一幢教堂說：「我和絹子在那裡行婚禮，一九七二年！」我和占都笑他是張單曲唱片，但是沒有一次經過他不提。綠茵上的白色小教堂完全是迪斯尼卡通裡的畫面，我就想那一定是童話般美滿的婚姻。

絹子從不去漁塢，也很少出現在星光的社交圈。只知星光背後有這麼個偉大女性，在聯邦政府機構任職，要上班又要帶孩子，所有星光的不管多天馬行空的生財計畫她都支持，任勞任怨數十年如一日。年節上大夥兒去唐人街吃飯見過兩面，白淨臉是能劇裡若女的面孔，總是那個和氣的沒意見的笑，懷裡抱著那年三歲的天河。

「我以為我會先她死。我暴食暴飲，體重、血壓、血脂，樣樣超標，她的指數樣樣好。」──不可避免的未亡人的感嘆。

一向他被家人視為心臟病發高危者，遺傳鄭父的高血壓傾向、兼鄭母的第二型糖尿病傾向，加上從軍與捕魚時期的積勞，五十歲後健康大起大落，關節炎一度嚴重到以為要成半殘廢。

喪偶初期，用星光的話來說是「跌入了黑洞」。因暴吃體重激增，不眠不休追看電視連續劇。只要看見絹子的遺物就哭，兒女們只好全部搬走，包括夫妻曾經同寢的床。服了一個月醫生開的快樂丸，頭三天見效，之後便是難過死跟腦死兩個地獄裡選一個的問題。佛教中心的教友把他接到家中，讓他在客廳打地鋪，他一下子垮掉，倒頭呼呼大睡。

振作起來是因為不服氣，想不通絹子為何得癌。一輩子不煙不酒，飲食均衡，生活規律，連感冒都很少。「世事難料」、「總有個先走」──這些說法他都不買賬。上網瘋狂看資料，用上復仇者的嗜血勁兒。

那陣子他接連發給我一些資料，都是關於維生素D3。人體細胞經陽光照射、因光合作用自然產生的一種固醇類荷爾蒙。城市人大多缺乏，而長期缺乏有可能致癌。是絹子治療期間，主診醫生說的一句話給了他線索——「尊夫人膚色很透明啊，是不是都不曬太陽？」

絹子遺傳了母親的白皙和過敏皮膚，很易曬傷，自小養成習慣每出門必做嚴密防曬，盡可能將接觸陽光的皮膚面積減到最少。長大後又在辦公大樓裡做事，等於長時間生活在人為的密室環境裡。星光耗費大量精力時間閱讀和過濾不知幾百萬位元組的資料後鎖定致癌元兇，是長期缺乏D3使免疫系統出現故障，讓潛伏體內的癌細胞有機可趁。另一佐證是那醫生曾給他們夫妻都做了血液裡的D3含量測試，發現星光指數正常，絹子則超低，建議她服重劑量D3補充，當然為時已晚了。

星光給我寄來一個個鏈結催我買來服。看我不大有反應，又寫電郵來勸：「我知道你怕吞大粒的藥，但D3都是橢圓形小膠囊，每顆五千單位，每天飯後服一顆便夠，不會造成負擔。」

又說：「就連我的孩子們都認為我在亂抓禾桿草，但是我希望你相信我。也許我這樣想是自私的，但我希望你活得比我長。」

他給我寄來兩瓶，金黃色的小膠囊的確易服。新世紀的靈丹妙藥。

有天網上聊天時他說：「我想起一件事，跟占也有點關係。」

鄭父去世多年後，某天他和占生前共事的那間醫院的某員工代表，帶著律師來拜訪鄭母，詢問關於鄭父死因的事。原因是，那家醫院的部分員工發起一項集體訴訟行動，要控告某大藥廠，說是該藥廠生產的一種消毒藥水產品被驗出含有毒性超標的化學物質，長期吸入可能治肺癌或呼吸道疾病。那醫院正是該藥水的用家，每年大批購入，所有醫療儀器都是用它來消毒。想是有人發現那種消毒藥水與呼吸道疾病之間存在某種有跡可循的關聯，足以構成提出訴訟的理據。鄭父是肺癌死的，又曾在該醫院工作八年，條件符合。那律師極力游說鄭母加入起訴人行列，但鄭母基於人死萬事休拒絕了。

星光沒有跟進，不知這樁公案後來怎樣解決的。倘若這事是今天發生，他會積極鼓勵母親參加訴訟。鄭父三十多歲便戒煙，除血壓高需要服血壓藥之外，身體很健康。有天開始咳嗽，咳咳咳，不含痰的乾咳。一照肺，癌。四個月後即去世。

星光記得占提過他那部門裡的員工，得肺病和哮喘病的比例高得驚人，但當時大概誰也沒有懷疑與頻密接觸消毒藥水有關。占每天要用消毒藥水清洗助呼吸器，有可能是他的哮喘的源頭嗎？

「我想你或許有興趣知道。」星光說。

我不是特別感興趣，不過鍵入幾個關鍵字只是舉手間事。九十年代初的美國，集體訴訟蔚然成風，全是針對大廠家大財團，然而除非是轟動的大案，未必有電子檔被上載到網上。那藥廠是個大生產商，上網一查就查到，在二〇一〇年被另一家大公司收購，主打產品是一種叫做環糊精的藥用輔料。沒查到關於一宗多年前的訟案的材料，倒是無意間看到點資料說，該公司生產一種治療震顫症的藥物具有引起哮喘症狀的副作用。占的震顫症雖然算輕微的，也從不需服藥，可是根據資料，部分患者的病情會隨著年齡增長變嚴重。迄今為止的研究認為，原發性震顫源於腦部多個區域中、主宰肌肉組織的傳導系統發放異常訊息，使肢體動作產生失調現象。不能根治，只能服藥控制。如果他後期變嚴重呢？或許因此需要服用藥物？

這氣味很好聞，我有次對他說。湖水綠的制服，下班回來脫下掛在門背後，棉質纖維裡的嗆辣味數日不散，用高溫熱水洗才洗得掉。

我竭力回想，那年在香港見面，占是怎樣一個人？怎樣的臉色、神氣？是那樣的一種恍如隔世的心情，也根本沒去注意他有沒有手抖。只記得他說戒煙了，身體狀況良好。他是抱著對未來的希望而來的，想必就算有病也不會強調。

接到出版社的編輯小姐打電話來告知，說有個操英語的美國男人致電，留了姓名和酒店號碼請我立即覆電，編輯小姐在我要求下逐字唸出姓氏的字母，我聽著，心亂如麻，不確定是不是想見他。

是我，是占，那邊說。真高興找到了你。

約在蘭桂坊的一家高級西餐廳進午餐，他說翻旅遊書找到的，介紹說是米芝蓮兩顆星，那緊張客氣像初度約會的人。某方面來說也確實是。

第四度空間的門打開，相隔光年的兩個宇宙接通。見面擁抱的儀式過後都不免認生，心知肚明彼此眼中的自己已跟十年前那個人不能比。歲月的感觸包容了一切，魚尾紋、後移髮線、中年人身形。我發覺我原來崇拜舊時歲、舊時人。

他留了個窗邊檯，居高臨下俯瞰中環的忙忙碌碌。「過得好嗎」、「多少年沒見」之類的開場白過後，他很快進入正題說，找到個賺外快的好路子。給專遞公司帶貨，跑東南亞，有免費或優惠價機票作為酬金。主要跑泰國、新加坡、馬來西亞。跟星光後來告訴我的差不多，更詳細些。

香港新移民開的公司，在唐人街，隔壁是家中文書店。有天靈機一動進去找我的書，請店員幫忙找。做屋友時我曾把我的中文名字寫過給他。姓金的香港作家又不多，竟找到，有我的照片為證。速遞公司的人很幫忙，答應有香港路線的任務給他優先，也等了半年才有。

珍妮花過世了，九三年，他告訴我。都有心理準備，她的宗教信仰幫了忙。想接兩老來加州住，但他們習慣了聖路易斯，而他又不能離開加州。醫院的工作崗位，他一離職，退休金要少掉一大截。

他還是單身，他直截了當說。不能算富有，應付基本生活綽綽有餘，一年去個兩三次旅行都沒問題。十五年後退休，每月光是退休金就有數千。他不確定這種生活水平是否符合我的要求，但他願意試試看。始終他覺得，跟我會是合拍的一對，當然如果我不介意住在美國——

我有種受恭維的喜悅，竟然他仍然考慮我，覺得我是合適的對象。盲約、相親、先婚後戀，近年又流行回來，他有這想法也正常。何況從前有過那段，起碼有個基礎在那裡。其實早該想到他費了老大的勁找我，目的不會只是敘舊。

將來可以多跑香港，他說。這次來也辦了點玉石首飾帶走。

這麼些年沒找到合意的人？以你的條件？我問。是真的不解。

總是差那麼點。他說。

暗示有過女友，但沒走到那一步。我猜他多半也是挑，始終認為東方人理想些。

我告訴他說目前在照顧一位在做癌症治療的朋友，從小玩到大的童年友伴。醫生說存活期可能一年，也可能兩三年，很難說。我想陪伴她到最後，這段時間甚麼其他的事情都不想，文章也沒寫了，以自僱形式接些翻譯工作——

告訴他這些的時候，心裡面非常難過。

「是我的損失。」我說，是由衷之言。我看著他眼神暗下去。

「我來晚了。」他悵然。「難怪這回看見你覺得你精神不大好，跟以前不一樣。」

淚水它說來就來了，滴滴淌淌。

「別難過，你這麼為朋友，人生會如願的。」

普通的安慰話，我聽了也感激。

他第二天下午上飛機，有個上午可相聚，叫我帶他去個我喜歡的地方走走，就去了淺水灣。灰霾天，難得是遊人少的日子，視野非常開闊。他笑說你現在也跟漁夫一樣愛看海了，我說是呀，不知何時也愛上海了。「擊退灣？擊退過甚麼嗎？」他望著海說了這麼句，我才意識從來沒注意Repulse Bay這地名的來源。沿海邊閒逛，風聲潮聲裡說著話，享受那手牽手，彷彿又回到從前在沙沙里多的日子，他指著一條條漁船教我認船，鯖魚型鯨背型梭子型——

怎麼唱來著？那支歌？我問他。那支海豹歌？

他哼起來：西風吹，潮向西邊退……你白天來，唱著歌走來……十月的冷風吹，我向海邊追……無人在，只有海豹的叫聲哀……只有海豹的叫聲哀……

我說不送他了，受不了那離情，就在這裡惜別吧。他眼神有種痛，但是沒反對。

「要是你四十歲還沒結婚，寫信給我，我來娶你。」笑他那玉米田的笑。

我笑，又哭。

相擁好一會，也終於放手。

塵歸塵，土歸土。終於我沒有機會告訴他關於擊退灣的故事。曾經在維多利亞女皇在位的一八四〇年代，在那個海灣發生過海軍與海盜交戰的事，其中有艘戰艦叫做擊退號，因此它所停泊的港灣被命名擊退灣。

星光再來香港，是帶著絹子骨灰做成的兩尊「扎扎」。打算與鄭母的「扎扎」一樣處理，安放在大嶼山的寶蓮寺和尼泊爾的高班寺。

他瘦多了，精神飽滿，看來已平安度過喪偶的低潮期。入住灣仔的衛蘭軒酒店，我們便在酒店的咖啡廳碰面，他將絹子留給我的一件黑色喀什米爾毛衣面交。很高興告訴我說最近一次驗血報告成績斐然。血脂、血糖、膽固醇，指數美妙極了。醫師都不相信，要他三個月後回去重驗，還是一樣。

他歸功於玻尿酸——上網找致癌原因時無意間發現的一種保養品，買來試，竟對關節炎有奇效，之前不能屈伸的膝關節也能屈伸了。痛定思痛開始做運動，回復從軍時期的地獄式體能訓練，朝朝去金門公園健行，負重四十磅走個一兩小時，短時間內將絹子去世後激增的四十磅體重減掉大半，現在他覺得狀況好過三四十歲的時候。

我真心為他高興。可是自從他來港前的那次網上通話，他求婚遭我拒絕，關係終究有些改變，不像以前那麼暢所欲談。至少我這方面。

「我真有點不服氣，明明我們八字合。」他說。

這次去過尼泊爾，回來會在北京停留幾天。有個族親要給他介紹一個北京女生。堅拒許久，終於答應去見個面，想著順便走走也好。故宮、長城，他都沒去過。

「比你小幾歲，結過婚又離了，沒小孩。」給我看照片，四十來歲，柔潤的圓臉，皮膚好。跟他一樣是股票玩家。

親戚都勸他找個年輕能幹活的服侍他，但他連這個都覺得太年輕，才比他大兒子大幾歲。

「你不怪我考慮別人？」

「很高興你考慮別人。」我說。

吃過晚飯，陪他去買見面禮。「準未婚妻！」我打趣。他說想找伊莉莎白雅頓一支早期的香氛，說喜歡那香味。臨行匆忙，不然在美國買更便宜。去崇光找過沒有，又去時代廣場，繞場一周瀏覽所有化妝品專櫃，最後來到克莉絲汀迪奥專櫃前面。他跟售貨小姐要花香的，借我的手用，掀起衣袖將香氛噴在手腕內側，鼻子湊近聞，逐瓶試，淡的，濃的，試到一支他頗鍾意，叫J'adore，問我喜歡嗎。

「有酒味。」我說。

「酒味好。」決定買這隻。

向小姐要簡冊看，是橙花主調。混合科摩洛依蘭、大馬士革玫瑰、印度茉莉。調製師是個女生。

時代廣場前面喧嚷一片像個露天大營地，大電視播著整點新聞。

「我送你回家？還是你送我回酒店？」他說。

各走各的吧，我說。我祝他好運：「婚期定了告訴我。」

揮手別。

微風中走路回家，經過一個路邊小公園，忽覺一陣香氣逼人，一時以為是剛剛噴的香水的氣味。抬頭只見是白玉蘭開花了。幾年前和星光散步經過這裡也正是花期，在這樹下聞過這花香。

08

二〇一三年十二月，在三藩市機場的抵境大樓一碰面，星光就抱怨：「要不是你來，我已經到印度去了。」很沒風度的。

原本要跟隨密宗師傅去印度禪修幾個月。「又被你打亂。」

「不是老叫我來？來了又怪我！」

「說不來不來，怎又來了？」

我說剛得了一筆版稅，來寫東西，順便散心；或者是來散心，順便寫東西。還沒決定是哪個。

他口氣一轉。「很高興你來，親一個？」

他還是住在那棟百年老屋裡，日落區對海那排破房子裡最破那棟。淺灰色外牆剝落裸露，車道上的兩輛老爺車看來已經死了很多年，梯級陡峭難行，鐵柵生了鏽，只有台階兩旁的幾個盆栽爭氣地提供少許綠化，令路客多少感覺到屋裡有活人在住。他掐下兩片葉子遞到我鼻子底下讓我聞，說他祖母用這臭草來煮綠豆沙。

他開鎖推開了鐵柵，回頭引了句詩：「『請進來我的客廳好嗎？』蜘蛛對蒼蠅如是說。」

蜘蛛網還真是屋裡的景致之一，結在不知多久沒開過的窗上。三十年前來這裡「避難」那天的恐怖感又回來，只是感受更尖銳些。看來這些年沒打掃過，積塵、雜物、膠箱紙板箱，像過分茂盛的植物不受控四面八方蔓長。地上七拼八湊鋪著破報紙破紙皮，從樓下鋪到樓上。日常活動的那一小塊，髒衣服堆成了山、髒碗髒盤收集著蟻屍、沒沖廁水的廁所發臭，浴缸膩滿了垢。人住在這裡與臭味、與污穢、與黴菌同棲，物競天擇適者生存。我想起從前聽老一輩說過的一句話「破家五鬼」，指那些徹頭徹尾敗落的人家。又曾聽說老華僑生活省儉，但是從來沒想過星光會是這個「老華僑」。人看人原來可以錯得很離譜。

星光是他一貫的老黃賣瓜，向我滔滔演說他這「租屋」的種種優點，地基用水泥加厚加固過，房架結構重新做過防水防震，內部的地板櫥櫃都用上佳的防蟻防蟲木料，所有貼身傢具如書桌眠床全按風水尺寸打造……我隱約能看到一點他當初設計這屋時的理想構圖，車房後面的地下單位是他和絹子養老用的，樓上兩層給兒孫，每層設有獨立廚房跟衛浴，小孩可從後樓梯跑到院子裡玩耍，老去的他和絹子坐在陽台上或更遠的將來則在天上笑望鄭家在這裡一代代繁衍——

鄭父在一九六九年買下它時就是棟危樓。半邊地基下陷，屋頂漏風漏雨，房架子靠一條細柱支撐，沒塌下來是個奇蹟。鄭父死後，星光搬回來照顧病母，她半賣半讓把房子轉手給他，包括四代人的累積半個世紀的家當。他手上又多個大破爛，一九八九年的大地震沒損及它分毫，但他沒信心它能熬過下一個大地震，發願整修，從地基修起。賣船之後手頭有了多餘時間，便動工，靠自己的一雙手，一口螺絲一口釘的進度緩慢到比得上生物進化，在親戚圈裡都成了笑柄。一度資金用盡、被鄰居投訴、被律師誤導、被發停工告票，都記不清楚停工又復工多少次，一家老小在凌亂動盪裡生活了十幾二十年，等到工程完成到有個基本樣貌，兒女已長大成人、遷出。聽來跟他一生的命運相似——風波不斷。

絹子的離世使他的人生急煞車。三年來沒動過一土一木，房子塌下來也不在乎。原來人永遠有更低的低處可去，到最後甚麼都可捨。日常所需不過幾件衣服和用品。他不在乎在這垃圾堆裡終老、物化、變垃圾——

我問那北京女生的事。彼此聽不懂對方的京片子或廣東話，卻雙方都有意。後來他又去見過她一次，確認她的意願、她父母的意願，都準備好收拾房子迎接她來，她那邊卻拖拖拉拉，打起了退堂鼓，提出他移居大陸的新條件——

他面壁自問，非要找個伴不可嗎？非要填補這空缺？於是收拾心情做鰥夫，跟師傅修行去，都訂好了去印度的機票收拾好行裝，「就接到你的電話說你要來美國。」

有天他真想知道，跟我有過怎樣的前生。明知我們是竹門對木門，想跟我結合是個瘋念頭。「為甚麼就是放你不下？」

我說你都準備好迎娶別人，證明你很放得下。

「但你看我迎娶到了嗎？」他說。

我說你要去印度儘管去，我可不想妨礙你的前程。

「但你看我去成印度了嗎？」他說。

我說我可以下一班飛機回香港，我可擔不了他成不了佛的責任。

他說小紅帽既然來了，大灰狼可不急著成佛，大灰狼有十萬年的時間可以成佛。

當晚，他發個訊息到我手機：「你是我今生要修的正果。」

又是那討厭的怪圈。

二十年來最冷、有紀錄以來最乾旱的冬天。暖氣壞了沒修，屋子像個大雪櫃。我被安置在樓上近樓梯口的小房間，兩座高櫃一正一側供著不同的佛。西南角有個牆洞可容一人坐臥，說是這屋子的文昌位。接上電腦、放套桌椅、吊幅簾子、置個燈，便是個自成一角的寫字間。行軍床上墊張美麗奴羊毛墊、鋪上羽絨被，便是張舒適的床。常常一覺醒來，恍神個一會才想起是在星光家。似乎他的睡眠問題還沒解決，從他房間傳來的噪音還是臨睡前聽見的那些，動作片打鬥聲、粵曲的鑼鼓鏘鏘——

怎會落到這裡來的？在這裡與他共一個屋簷？「『請來躺在我的小床上？』蜘蛛對蒼蠅如是說」——

有些日子他宣稱「今天要做植物人」，就整天坐在他房間的電腦前動也不動。四面是文件堆成的山，他佔據中間那個洞，說是他的冥想洞，一個頭戴綿帽、身穿綿背心、鼻樑夾副老花鏡的老頭子。每日兩次，他來我房間道聲「抱歉打擾」，肅立佛壇前禮佛。晨點香，夜燃燭，合什唸段經文。只聽見他薩巴呀瑪巴呀的唸唸有詞，敲唱碗而畢。每晚，將儲在浴缸裡的洗澡水勺進水桶，提到樓下澆門前的盆栽、後院裡的梅樹李樹、和一棵新種的白玉蘭，似乎它們一點也不介意那水裡含有人類的死皮、體液、沐浴露化學物等，欣欣向榮該開花時開花。

老習慣地飯後散步。陰天、月亮天、霧夜、維納斯星懸在那冰清夜空的星河夜，去走金門公園的林徑、太平洋岸、或附近的住宅區路。一草一木他都熟悉，某屋有過的幸與不幸、某屋轉手過幾次，一部興衰史在他腦子裡。四十年前他家搬來時，這一帶有大人小孩，帶著祖父母或外祖父母。如今年老跟年少的，或離世或他遷，留守這裡的多是中間代，像散步常巧遇的那幾對，不是膝關節有螺絲就是髖關節有鋼片，都是嬰兒潮中後期出生、跟奧巴馬總統差不多年紀的這代。

「就剩你跟我了，半百與耳順。」星光說。

漁夫老了，我感覺到這事實的無可爭議。當年的威武雄獅被這蹣跚老人取代。用他的話來說，是「走在垃圾化的路上了」。引申到我，是兩個人走在垃圾化的路上。

有天，他跟我要我的旅行證件看，我略猶豫，還是找出來交給他。他不過是想查看簽證到期日，嘆口氣：「我想了很久想不通為甚麼你要來這裡，但我完全排除了是因為你想念我。」

「怎麼見得不是？」

「來一個向你求過婚的男人家裡寫東西？別告訴我你真的是小紅帽。」

「那你認為是為甚麼？」

「你突然需要個泊船的碼頭。」

「為甚麼？」

「我猜是你一定發生了甚麼事。在香港，最近。」

我支吾。

「你不說沒關係，我不需要知道。」

但他開始生悶氣，做植物人的時間非常多。

有天阿樂來了，少數星光還來往的親戚之一，便一起去逛金門公園。落葉喬木都掉了葉，騎警騎著駿馬蹄聲得得踏過滿地枯黃。我們去看美國野牛，又去看綠頭鴨，靠在小拱橋上看小鴨跟著老鴨學划水。阿樂的廣東三水人的適合唱戲的大嗓門嚇得鴨子紛紛屁股凌空噗剌剌亂飛，吖吖吖吖叫。星光老想給這表弟說門親事，從他四十幾說到他現在五十幾，他挑來揀去看不中。人瘦得要成仙了，是廚師這行少見的瘦子。手上好幾棟物業收租，趁九一一後房價大跌又添買了幾棟，跟星光比是個富翁了，依舊住破屋、開破車。半路接到個新租客的電話要求檢查窗子，在日落區星光家的附近，反正沒事便一起去。

下車一看，就是我和占從前住過的小樓。日落區第46街，靠近林肯道交界，白色跟棕色的小平房，好端端站在那裡一點都沒變。市郊平民區常見的規格化樣板木屋，雙層，尖頂，屋前一排箭型欄杆，一道之字形樓梯通到樓上。就連台階上的幾盆植物都是老樣子，常常我會開門出來給花澆澆水，看著它枝葉搖曳開出大朵的紫藍喇叭——

一個白領族打扮的金髮女人來開門，很客氣說前兩天聽見屋後有異響，疑是浣熊覓食，才發現窗子關不嚴，怕不修理會不安全。阿樂答應裝個新的，拉開建築尺量尺寸，星光就跟那租客有說有笑聊起來。我四面看看，像失憶的人找線索，然而都不是了。不是他，不是我。

我先回到外面，靠在柵欄前，望著夜幕垂下。快開飯的時間，不斷有車開進巷口，遠遠近近傳來煞車聲、拉手掣聲、車門開闔聲、鎖車的吣吣聲。然後有扇門打開，放出室內的昏黃亮光，將外面的人迎進。星光出來，對我說：「走路回家？」

我們向阿樂道別，向星光家的方向走去。是個明月隨人的晚上。太平洋的春季冷風中，走過各式各樣的房屋、門窗，明明暗暗，偶然間瞥見窗裡的人，活在各自的生活裡，我們是窗外兩個夜行的影。

走走他說：「不走可以嗎？這樣手牽手走下去可以嗎？」

又說：「你想想看，你在香港能找到又會做飯、又容許你整天寫作的老公嗎？」

看我不答，再接再厲：「退休金、社會福利金，都有你份，銀行戶口也加上你的名字，凡我擁有的都與你分享，以後你就是這個家的女主人，這樣的條件你不滿意嗎？」

我仍不答，他又說：「你是嫌我中文不夠好嗎？我知道在你眼中，我是半個中文文盲，但中學時代學過的詩文，青青河畔草、木蘭辭、燕詩，我還整篇背得出來。老師講過的故事，韓愈被貶潮州、子路結纓、赤壁之戰，我都源源本本講得出來。我去當兵前，父親給我帶去三本中文書：《西遊記》、李宗吾的《厚黑學》、《魯迅手稿》……」

前面兩本他都讀過多遍，只有《魯迅手稿》讀不進去，搞不懂父親為甚麼要給他這本。鄭父在鄉下時原是國文教師，逃難到香港後當了防疫員、消防員，沒再回到學校教書。

「魯迅的東西你讀過？他是清朝人嗎？」

「不算是。」我說。

「你在猶豫甚麼？是我條件不夠好？」

「你的東西我只想要一樣。」我說。

「是甚麼？」

「寫字間。能不能替我保留寫字間，我下次來可以用？」

「哈，至少我成功推銷了寫字間！」笑個怪笑。「再向你推銷一樣服務可以嗎？」

「說來聽聽。」

「要是天下大亂，你來我這裡，讓我保護你。」

「要是真的天下大亂，你也保護不了我。」我說。

「你嫌我老？」

「子路武功那麼高，到你這歲數也給殺了，老狼。」

簽證還剩一星期時，他說，去沙沙里多看看？我們便去了沙沙里多。開著借來的車，走上從前走熟的路線。從海旁路繞入艾爾卡棉奴路，經林肯大道入101州際，過金門橋。

他沒忘記指指那教堂說：「我和絹子在那裡行婚禮，一九七二年！」

「樹不見了。」我指指橋那頭的山。

老遠就看見，孤樹坡上的小樹不在了。第一個衝動是想告訴占那棵樹不在了，才想起占也不在了。

橋頭是依山建的，以前上橋下橋，習慣性地總要抬頭望望橋西側的坡丘，視野裡會出現小小一棵樹，孤零零站在藍天下。

取右線下橋，滑落阿歷山大路的悠悠長坡，兩三個彎又一個急墜，看到路盡處有隻藍汪汪眼睛在眨巴便是李察遜灣。灣畔，沙沙里多。

照眼是那舊時堤岸，舊時山水。都說風景像極了地中海的漁港小鎮，但我始終沒去過歐洲，這裡就是我的世界的盡頭。

曾經我多愛這天海風濤曲，這圓木樁造的塢、船桅杆條紋圖、風聲浪聲鳥叫聲的多重奏。而如果是鮭魚季，哥兒們都來了，趁著潮退解纜，引擎發動聲咿昂昂咿昂昂唱破了黎明——

大航海時代的一七七五年，銜命探索海峽一帶的西班牙探索船聖卡羅斯號從三藩市島北邊的狹窄水道進灣，藉著半個月亮的微光顛簸過湧流。日後船長胡安．德．阿亞拉給西班牙總督提交的報告書描述了一個美好豐饒的天然港口。天氣晴朗，有充足食水、木材與碎石灘；印弟安人溫馴友善；有成群的鹿、海豹海獅水獺；有淡水溪，溪畔有成行的柳樹。胡安給這片河岸取名Saucito，意思是小柳樹，今名Sausalito。

我想如果我是個幾千年前在這一帶生活的米沃克印第安人，我會想念那個白種人登陸之前，撐著莞草做的船來往於河川、漁獵於溪流叢林、與海豹海獅同嬉於灘岸的年代；

如果我是墨西哥統治時期，從舊世界漂洋過海來這裡碰運氣的白種殖民者，我會想念那個大片丘陵原野尚是無主之地、第一個開墾的人就是王、白手興家自建莊園、做個坐擁萬畝方圓的大地主的年代；

如果我是淘金熱時期的淘金人，我會想念那個滿城黃金傳說、發財夢隨時成真、河流溪澗撈金的年代；

如果我是個捕魚族，我會想念那個帆船遊艇還沒那麼多、山上豪宅還沒起那麼密、海水還沒被兩次漏油災難污染，那個買套漁船漁具便可浮槎出海、做個自由自在的海上吉卜賽的年代——

然而我是我，我是金潔兒，所以我想念我的那個年代。那個我愛讀書、滿腦子寫作大計等著我去實踐、揮筆疾書日寫數千字、結交良朋登山臨水遨遊的年代。那個鄧麗君還在唱她的〈襟裳岬〉、好萊塢祭出《ET》和《星際大戰》、米高傑遜祭出他的「月球漫步」、杜哈絲寫成她的《情人》、米蘭·昆德蘭寫成《生命不能承受之輕》的年代。

上網查那棵樹的事，竟是有一群愛樹者哀悼樹的「殞落」。殞落的原因，有網民認為是在風暴中遭殃，也有的認為是政府派人砍的。有人貼出一張《舊金山日報》的新聞照，是攝於金門橋的造橋工程尚在進行時，鏡頭內有樹，可見一九三七年金門橋啟用以前，樹已在。它在那個山頭至少七十年。網民們獻出各自的樹故事。曾在樹下被求婚的、初吻的、與好友拍過合照的。有位攝影師製作了一輯「還樹於山」照片，即是用那棵樹的特寫照製成標牌，拍照時，利用取景角度將標牌重疊於山頭，彷彿樹又被植回它原來的位置。

五月三十日占的忌日那天，我和星光去上墳。付費在專門網站查到骨灰的安放地點是在三藩市南邊的科爾瑪市，約三十分鐘車程。普通的一方灰石碑，上刻姓名、生卒年月日。鮮花一束、燃香一枝祭故人。

至於小汶的骨灰，我去沙沙里多那天已將它撒入海中，骨灰會隨著水流漂到太平洋，天涯從此逝。

回香港後，我收到星光的信，是我最後一次有他消息。

親愛的潔：

是今生的第幾次離別了。下一次見面，不知是何時何地。假如不是我學佛多年，假如我仍然有著我當兵時期的不顧一切的衝勁，我不會允許你再一次離開我身邊。可是，潔，我又憑甚麼留你呢？

你離去後的這些天，我日日坐在你曾經埋頭寫作的寫字間，回想前事。如果我對自己完全誠實的話，我必須承認，你的顧慮完全正確。我自知是個粗人、莽夫，一個在溝渠裡長大、行事不符世俗標準的鄉下佬。正如你所說，與你是兩個星球上的人。難道我竟是忍心讓你放棄所有，在這多霧多風的加州海岸，過著你形容為「勞動改造」一般的生活？

至今我仍深深記得，沙沙里多漁塢上，那深刻的第一眼。那時的你是個長髮姑娘，十八歲？還是二十歲？我不記得了。你多麼愛笑，多可愛，多快樂啊！

但是你可知道，在遇見你前，我便認識你了。這件事埋藏在我心底三十年，也許是時候向你表白。這要從我家住土瓜灣的時候說起。那時與我們同一條走廊的鄰居中有一戶姓黎的人家，我跟他們家的三個孩子中的老大阿雄同年，成為好友。阿雄的父親在救火中殉職後，阿雄的母親帶著他們投靠親戚，改嫁，移民到夏威夷。我在聯合航空工作的時期，常去夏威夷公幹，每次去都約阿雄出來吃飯。他實現兒時的志願當了消防員，他的妹妹朵拉西在夏威夷大學上學，有時也出來一道玩。長話短說，有次我如常在抵達夏威夷後聯絡阿雄，他邀我到他家。「好多鬼妹的派對」，他說。是那種人數眾多、搞不清誰是誰的場合，大部分是朵拉西的大學同學跟朋友。阿雄喝得醉醺醺，顧著巴結那些「鬼妹」沒空理我。我坐在一角直懊悔跑來，看見旁邊茶几上有本打開放置的書，彷彿看書的人看到某頁，把它面朝下擱在那裡。我注意到是本中文書，便隨手拾起看了起來——

啊潔，如果我告訴你說，我就這樣墮入愛河了，你會認為是無稽的謊言嗎？你會認為是我又一次發揮我的推銷員伎倆嗎？你寫家庭、寫老師、寫朋友，那麼生動美妙，年輕的生命力那麼豐盛感人，我當時感受的衝擊那麼大，甚至我有個感覺，我來到這世上，便是要尋覓像你這樣的人。簡單來說，是對事物有感受的人吧。所以，那天占米王帶你到碼頭來，雖說是第一次見你，卻好像認識你似的……

你沒想到吧，潔。直到今天才告訴你，不是有心隱瞞，而是每次當我想開口，都怕增加你的心理負擔。記得嗎？初遇時，你處於一種自信心跌到低點的時期。我不知道你身上發生過甚麼事，使你全盤否定了自己，甚至跟我說：「真高興來到一個不用擔心碰到讀者的地方。」那麼，我又怎敢告訴你，在你面前就是個讀者，而這讀者對你一見傾心。雖然很想給你打氣，可是一個肚子裡沒有幾滴墨水的人說的話，對你又能起甚麼作用？何況我的情況並不允許我追求你，而當你為了占的事來找我當顧問，我只能扮演大哥哥的角色，聽你傾訴，帶你到碼頭上玩，但那只有讓我更瘋狂地想得到你。想得到你，又不能得到你。想愛你，又不能愛你，使我一度痛苦到發狂……

這番表白嚇壞了你嗎，潔？從一開始我就害怕，怕你被我所傷。你是一張白紙一樣的女孩，而我，卻是洪水烈火。

在那些我們長久不通音信的年月，我未曾有一天不為你擔盡了心，擔心你被這殘酷的人世所傷。當我還是個漁夫時，在那些漂流大海等魚上鈎的枯燥時刻，我會做夢，夢想我們在一條小船上，我打魚，你寫書，偶爾你出艙來幫我的忙，我們去了一個港口又一個港口，看到風景好的地方便上岸小住，然後又繼續我們的航行。很奇怪在這些白日夢裡，你總是在寫書，我總想知道你在寫甚麼書，哪怕我只佔據其中一段，或一行，就代表你心中有我了。我就是做著這樣的可笑的夢。

潔，沒想到，眾神應允了我的祈禱，你竟來了，在我家駐留數月。那是何等珍貴的數月。我真希望，我能年輕個十歲八歲，有足夠的力氣，為你創造美滿的人生。但我能做到的，只是為你佈置個簡陋的寫字間，希望你在寫作中感到適意。為你按時送上食物，因為你說過，你想過的生活，就像某位作家描述過的（我忘記是哪位了），在一個地下室，有人按時送食物來，把食物放在地下室的外面。然而，當我的某些言行惹來你的不悅，當你因小故發脾氣、而我用盡心思所做的安排被你譏為寒酸，我感到那麼絕望，潔。也許真是我這個在美國住了太久的半唐番，沒有足夠耐心揣度你的心意。所有我為跨渡距離所做的努力，到頭來都是白費心機。

很抱歉那次爭論，我的激烈舉動和聲量使你受驚了。但這完全是因為，我是那麼害怕失去你的緣故。潔，你來我這裡是為了甚麼？想得到甚麼？當初我多麼欣喜若狂，以為心願得償。倘若不是我夠了解你，我會以為你在耍把戲。愛不是紙上談兵啊，潔。愛是行動，是奉獻，是付出與回報。但你是那麼精打細算、自我保護、欲言又止……

記得初來美國，這裡流行一首歌，叫做〈它只是個紙月亮〉，不知你聽過沒有？有幾句歌詞是：「它只是個紙月亮，浮在硬紙皮做的海上；它不是假的，只要你相信我的心是真」——你的心是個紙月亮嗎，潔？

親愛的，我這樣說太殘酷嗎？不過，也只殘酷這一回了。記得我跟你說過，時機稍縱即逝。當你想回頭走同一條路，它未必還在那裡。你臨走時，我曾對你承諾，為你保留這個寫字間，不動它分毫，讓你再度來訪時可以使用。對不起，現在我要收回這個承諾了。這個泊船的碼頭，我要將它拆毀了。

請原諒我做這個決定，並且請相信，對我來說是多麼痛苦的決定。現在我知道，原來領悟時，便是緣盡時。曾經我願意飛越半個地球，只為了看你一眼；曾經我為你有了棄家之想，為免做犯罪的事，嘗試用一顆子彈了結此生（請原諒我向你說了謊，說是因為捕魚失敗是個謊言），有時我真是希望可以少愛你一些……

潔，以後的路你自己走了。噢寶貴的，我最寶貴的，感謝你走進我的生命裡，給我的人生添了生氣。感謝你這些日子的陪伴，讓我這個孤單老頭，暫忘孤單。感謝你以純潔的心與我交往，從以往，到如今，都沒有改變……

以後，沒有我這個長氣老頭在你耳邊嚕嗦，凡事多考量，不要老是那麼冒失莽撞了。好好注意身體，善用從我這裡學得的知識。若有緣再見，希望是看見精精神神、非常成功的你。

天亮了，我已力盡難續。親愛的潔，我最寶貴的，我會想你，天涯海角。

永遠是你的　星光

09 終章：勞倫斯・賀普的生平（Laurence Hope 1865~1904）

她是在英屬印度喀拉蚩市（Karachi）的圖書館內遇見他，麥坎・哈素斯・尼可森上校，孟加拉第三師俾路支兵團的統領。據說有過這樣的事，她到車站送他去遠征，列車開動的巨大衝力將他所在車廂的車門盪開，她絆倒，抓住車門被拖行一段，他救了她脫險將她抱入車廂，列車載著他們奔向遠方……

她小名叫Violet，因她的紫蘿蘭色的眼睛。原名阿黛拉・弗羅倫斯・歌利，是雅瑟・歌利上校的二女兒，一八六五年四月九日在英國西南部、格洛斯特郡附近的Stoke Bishop鎮出世。母親伊莉莎白・凡妮・格爾芬是威爾斯裔的貴族後代，跑來印度跟雅瑟在加爾各答的教堂結婚。頭胎生的小男孩一歲多夭折，其後三個都是女兒。阿黛拉的姊姊伊莎貝兒跟妹妹安妮蘇菲都在印度出生，跟阿黛拉分別相差兩歲和三歲。三姊妹都能寫，做過由父親主編的報紙的編輯。伊莎貝兒在父親死後繼承了他創辦的報社，阿黛拉寫詩成名，安妮蘇菲成為流行小說家，以筆名「維多利亞・克萊絲」（Victoria Cross）

出版了二十多部豔情小說。

這一家五口，生活在大英帝國還相當強盛的時期，殖民地分佈五大洲。每片英屬領土有個統治層形成的英僑社區，裡面住著被派駐當地的官員、軍隊、家眷。他們住在異國情調的宅第裡，僱用土著傭僕，在種植英式花卉的庭園喝下午茶。他們跳社交舞、聽交響樂、打網球、打木球、打橋牌。他們談詩論藝，談情說愛。他們是大英帝國的忠臣與放逐者，身在異鄉、心懷故國。

雅瑟在印度的孟加拉步兵團開始他的軍旅生涯。從小兵一級級擢升，二十七年後退休時是個上校。他一向愛寫點東西，發表過長詩和討論英國在印政策的分析文章，退休後進入報業界。先是在北部拉哈爾市（Lahore）擔任《公民與軍人報》（*The Civil and Military Gazette*）的編輯，一度因健康問題返英，回到印度之後定居於西岸的海邊城市喀拉蚩，辦了份每週印兩次的《信德報》（*Sind Gazette*）。他在英國養病期間，接替《公民報》編務的正是十年後文名大盛的吉卜林。

阿黛拉由親戚帶大，在倫敦市郊的女子寄宿學校受私校教育，接受音樂繪畫等淑女技藝訓練。稍長，遊歷歐洲增長見聞。十六歲赴印度與家人團聚時，她已是個見過世面的知識女性。先是來到拉哈爾市，與姊妹們一起協助父親主理編務，後來就在喀拉蚩市的報社繼續給父親充當無薪編輯。

在圖書館遇見麥坎那年她二十四歲。他是軍功彪炳的四十六歲滄桑中年人，有著蘇格蘭裔高地人的深目鷹鼻，淺膚色，兩撇海象牙刷子鬍。出身軍人家庭，十七歲從軍，曾在阿比西尼亞、阿富汗的沙場征戰，做過維多利亞女皇身邊的副官，精通多個中東部落方言，勛章與榮耀加身，軍人軍眷圈流傳他的事蹟。一位舊部形容他「體格魁偉，有張一見難忘的臉，令他覺得他無懼一切。在信德邊境那些野蠻部落間度過從軍歲月，懂得他們的語言和習俗，攝取他們的精神。倘若不是他的膚色、薩克遜人母語，你很容易誤認他是個帕坦族人。」

婚後兩人定居俾路支斯坦（Balochistan），麥坎出外執行任務她都隨行，裝扮成帕坦族的小夥子，跟隨部隊橫越灼熱的土原，去到西北部邊境勘察邊防。纖小的身影混跡土著士兵群裡，追隨麥坎左右，去到營火畔、帳幕裡、兵陣中。

她擁抱這片亞熱帶土地的一切。食物、衣著、人民。河流與莽林、斑爛花草、狂風暴雨、興都教寺廟、伊斯蘭浪遊詩人的詩歌、蘇菲行者的誦經。麥坎成了她的啟蒙師與旅伴，帶領她深入印度，涉足鮮少英國女性敢於或屑於涉足的地域，學習土著的語言，觀察風俗民情。她學會說流利的烏爾都語——北印度的主要語言，穿當地人的服裝，吸收當地的文化空氣，將「在地化」身體力行到一個維多利亞時期西方女性所可能的極限。她寫過這樣的詩：「這是我的人民，這是我的土地／我聽見她秘密靈魂的脈動。」

即便在生時，他們便是對經典，特立獨行令人側目。在那些聽室內交響樂自娛的紳士淑女們的眼中，他們這一對是傳說、也是笑柄。是被異族同化的怪胎，是優越傳統的悖離者。在那個遙遠的中東邊疆，夫妻倆同行並轡，結伴歷險，一去多天，遠赴前線蒐集情報。曾經他們利用長假去了趟中國、涉足紫禁城，探討一宗涉及鐵路、煤礦及水利的投資機會。一八九四年麥坎獲升為少將，獲授三等巴斯勛章，出任印度中部的姆霍沃（Mhow）軍事基地的司令官。夫妻倆一躍成為當地的軍政界要角。住在前印度王公的宅第裡，主持派對與飲宴，周旋於英僑與印度沒落王朝的王公王子間。

估計阿黛拉是這時期進入創作的高峰期，體裁多為敘事詩歌，將多樣化的印度山河景色入詩，化身為印度男子或女子，述說情愛的百般滋味。不時她單騎出遊，男身或女身，獨自去到深山野林，寫生畫畫，去看寺廟裡的神秘儀式。在家她喜穿印度絲緞做的寬鬆紗麗服，裸腳，垂肩的頭髮散披，接見賓客也是這樣的裝扮，在猶自嚴守禮教防線和束緊身胸箍的淑女圈是惹非議的行為。

在這時期與她有過交往的蘇格蘭女作家維奧勒・雅各（Violet Jacob）曾在一封一八九七年的信中議論阿黛拉：「一個嬌小、漂亮、非常怪的女人，穿那麼低俗的難看的衣服。我一向覺得她蠻有趣的，當然所有的人都在譏笑她，有時我也忍不住……要笑一下她那滑稽的形象。」

另一位同代的英國女作家茀蘿拉・安妮・斯蒂爾（Flora Annie Steel）在自傳中憶述在孟買見到阿黛拉的印象：「我自己夠不傳統的了，可是坐在她那奪目形象的旁邊真有點窘。穿著一件低領、短袖、粉紅色緞袍，大白天在一輛敞篷馬車上。」

一九〇〇年麥坎任期屆滿，夫妻倆回到英國等待下一個任命。阿黛拉在同年九月誕下一個男嬰，從父名取名麥坎。分娩中當情況危怠、醫師作出性命堪憂的判診時，麥坎曾在信中對朋友說：「我燒燬了所有文件，準備追隨她去，正如我承諾過她的。」暗示夫妻間有過某種約定。

在維多利亞女皇崩逝、艾德華七世登基的一九〇一年年底，阿黛拉出版她的第一本詩集。取了個男性化的筆名Laurence Hope掩飾真實身份，標題頁上註明「由勞倫斯．賀普蒐集與編排」，表示這些作品是印度詩歌的翻譯而非原創。

詩集大受好評。一位評論者認為：「這位譯者，或改編者的靈動才情那麼高……」，充份傳達了人們對於「這片毗濕奴古老土地的『事物殘酷面』的奇異致命的迷戀」。另一位評論者指出：「賀普先生成功捕捉了印度情詩的主要音符，那當下一刻的熱情專注、那戶外氛圍、那憂鬱情調，帶領我們進入尚未被深入探討的當地感受與想像的領域……」

正當文壇鼓掌歡迎這位譯壇新秀，「勞倫斯．賀普」的真實身份被一位匿名評論者揭穿。那些大膽濃豔的情詩的作者，竟是尼可森將軍夫人。立時文壇譁然，流言四起，圈內圈外竊竊私議那些露骨的內容是否含有自傳性質。當時二十七歲的毛姆在筆記裡記下這段：「大家都在談VF，都認識她。她出版了一部熱情的情詩集，很明顯對象不是她丈夫。她在丈夫鼻子底下長時間偷情這件事令大家覺得好笑，都很想知道他讀到那些詩時會有甚麼感想。」

女作曲家艾米．芬頓（Amy Finden）選出其中四首詩，譜上曲，大受歡迎。尤其當中的〈蒼白的手我愛〉又名〈克什米爾情歌〉，名演員華倫天奴也曾演繹，傳唱遐邇。在新王朝的歌舞昇平氛圍裡，賀普詩名遠播。

對於尼可森夫婦，英國是個囚籠。麥坎的新任命遲遲未下來，又一次的商機把他們帶到了摩洛哥，卻只是重複了中國之行的無功而返。阿黛拉的第二本詩集出版，夫妻倆把小孩拜託給麥坎的姊姊們，在一九〇四年初回到了印度。

無官一身輕。兩人來到西南岸的科澤科德市（Calicut），住在小旅館裡，過平靜儉樸的日子。她寫信給家人要小孩的照片，報告生活的小趣事，在信裡轉述了麥坎的話：「他說但願他早點知道人可以活得有多快樂……」

未來六個月，他們住在幾哩外的費羅克鎮（Feroke）山上一棟叢林圍繞的小屋裡，柴利雅河的流水從山下淌過。阿黛拉再度出遊，乘小舟溯河而上探險。有封五月份的寄自尼倫布爾（Nilambur）的信證實她去過那裡，接近西高止山脈的柴利雅河岸上的小鎮。信上寫：「我們穿過樹林二十二哩。樹林就是樹林的樣子，但是山區氣候寒冷，天空有很多灰色，不過這裡熱，印度的熱。你聽說過克勞格斯敦這名字嗎？山姆・勞勃・克勞格斯敦中尉（事實上隸屬第23師團）的墓在這裡。一九四三年他十九歲那年在河裡遇溺。『豪爽、昂揚、前途遠大』——他團裡的哥兒們（馬德拉斯第21師步兵團）這麼形容他。墓碑在一處灌木叢裡，幾乎被覆蓋。我昨天傍晚把石頭洗乾淨，心想不知哪裡有他的族人……這地方完美得很，我但願人能活個一千年，因為有那麼多的事總是來不及做。」

收信人應是麥坎，可能因身體欠佳留家中。那句「你聽說過克勞格斯敦這名字嗎？」，是向丈夫打聽在軍中有沒有聽說過這姓氏的人，也許會是那位遇溺士兵的族人。

八月的颱風季，麥坎的病需要治理。夫妻倆橫越南印度，去到東南岸的繁榮城市馬德拉斯（Madras）就醫。醫生說只是前列腺小問題，做個簡單的手術就沒事。麥坎於八月六日入住麥凱園療養院，八月七日做手術，懷疑是麻醉藥使用過量，麥坎沒有醒來。簡陋的小療養院裡沒有氧氣可用來急救，醫生護士們拼了命保住麥坎的呼吸，阿黛拉跑去藥房買氧氣筒，沒有賣的。待她趕回療養院，麥坎已死。

向來感情不外露的阿黛拉的哀痛程度令所有的人震驚。住在馬德拉斯的好友史德活爵士夫婦將她接到家中住。那是後來有功於印度獨立運動的英籍律師厄德利．諾頓（Eardley Norton）的宅第。根據諾頓日後的筆記，阿黛拉悲痛不能自抑，夜晚在花園遊蕩，「在許多棵樹的樹皮上刻不知甚麼字母」。她強撐精神處理了丈夫墓碑的事、兒子的供養費的事，且將第三本詩集的稿本整理出來，留書拜託史德活爵士在他回英國時將書稿帶回交給出版商。她附了封信給一位英國友人，在信上寫：我要行使追隨丈夫的「權利」。這次她破例寫了首獻詩給麥坎，置於詩集卷首。

十月四日，仰氯化汞而死。

夫妻並葬於馬德拉斯的聖瑪麗墳場。阿黛拉終年三十九歲，麥坎六十一歲。消息傳到英國，引起文壇揣測紛紜。湯姆士・哈代執筆撰訃聞，將阿黛拉與古希臘女詩人莎孚並論。她留下三部著作：《迦摩花園》（*Garden of Kama*）、《沙漠星辰》（*Stars of the Desert*）、以及遺作《印度之戀》（*Indian Love*）。一位評論者作出這樣的總結：「透過這三部熱帶詩，猶如火山口噴出白熱的熔漿，一個不安的熱情的靈魂發洩了它所有的躁動。」

除《沙漠星辰》外，另外兩部在美國出版時都另取書題。《迦摩花園》更名《印度情詩》，《印度之戀》更名《最後詩：勞倫斯・賀普的〈印度之戀〉的翻譯》。她兒子麥坎在母親去世後十八年，將她的詩作編輯成《勞倫斯・賀普的印度情詩選輯》出版。

此後一世紀，讀者閱讀賀普的興趣歷經幾番冷熱，而賀普的作品也漸漸從書市絕跡，要到圖書館或二手書店的舊版書堆裡找。然而她的詩作與生平從未停止過被閱讀、解讀、改編成電影、寫成小說、寫成論文。毛姆基於當年那段筆記寫成短篇小說〈上校夫人〉（*The Colonel's Lady*），收錄在一九四六年出版的、他的最後一本短篇小說集《持家有道》（*Good Housekeeping*）裡。較近期的賀普書寫，有一九九六年出版的、英國作家瑪麗·塔爾博特·克萊絲（Mary Talbot Cross）基於賀普的生平寫成的長篇小說《命運不落淚》（*Fate Knows No Tears*）。

〈柚樹林〉（*The Teak Forest*）是著名的賀普詩，收錄在《迦摩花園》裡。印度盛產柚木，而賀普足跡所及的姆霍沃與尼倫布爾兩個地方都植有柚樹林。就創作年份論，該是姆霍沃時期的作品。以下是它的中譯全文：

柚樹林

我愛過你嗎誰能說？
是否我向你的方向漂去

在機遇與變遷的無盡河流上
而你喚醒那奇異的
從未知悉的無名字渴念
燃燒我們以隱藏的火焰
　誰能說？

生命是奇妙而莫知所之的東西：
我們聽到群寺的鐘聲響起，
已成婚的孩童們邊走，邊唱。
婚嫁的月份，春天的月份，
充斥曬焦了的群花的呼吸
放射出比我等更強的亮光，
而，在藍得兇猛的天空下，
　我走向你！

你告訴我你鮮明人生的故事
死亡殘忍，兇險四伏——
關於深黑的森林，關於中毒的樹，
關於痛楚與熱情的燒灼與凍結，
關於南方的午潮與東方的夜晚，
當充滿奇妙歡愉的愛變成瘋狂，
當男人們殺戮女人們跳舞，
直至我，那聆聽者，靜臥，神迷。
然後，迅疾如一隻南飛的燕，
　我親你的嘴！

某夜當平原浴血
夕照中如深紅色的洪水，
我們在年輕的柚樹下游蕩

樹枝在輕吹的晚風中哀鳴；
你引我至水湄，
「這是豹來飲水的泉
在夜間；這裡水源充足
不管季節如何的乾渴和乾旱。」
我們是否有著野獸靈魂的人形？
我將樂意一嚐你的生血。

夜速降；這驟然的大地
絕不借予我們一縷暮暉
在日光岸與海洋夜之間，
它一收——一放——霎時，那亮光。
我們躺於陡峭的山坡上，
當山下遠處野孔雀在叫，
而有時我們聽見，在太陽烤焦的草地，

叢林徑上的隱秘步履。
我們聆聽：不知牠們是
因愛或因飢餓而行。
而在你的吻下我不知
曾經是愛你或恨你。

但你的話是焰，吻是火
而誰能抗拒一個強烈的欲念？
我不能，我的人生是破船
在七情六欲的海上，載漂，載浮。
而，不論我因愛或因恨而來，
我走向你是命運所寫定
在血紅天空的每個色調，
在孔雀啼聲的每個音調。

當森林夜的每一陣風
煽動你燃起的火苗。
因這種種皆有攪動血液的力量
任憑它們的高興驅迫著我們。
而去愛與否由不得我們
一如躍出大海與否由不得波浪。
我們從來與永遠是這些東西的奴隸，
燒灼的群日與凍結的風，
悶熱空氣裡的淡淡甜香，
遙遠獸穴的隱約呼吼。
這些隨機事物永遠主宰著我們。驅迫
至天堂的高處，地獄的深處。

我愛你嗎？你不問
也不浪費時間在這不討好的勾當上。

你給我親吻而我回吻，
誰管它們結冰或燃燒。
我感覺你激烈雙臂的力量，
誰管它們治療或害傷。

你是穎悟的；你接受眾神的給予。
你不提問，自稱心滿意
故我在你身畔接受你親吻，
也許為此我更珍視你。
因為這就是智慧；去愛，去活，
去接受命運、或眾神，所可能給予的，
不提問，不祈禱，
吻其唇，撫其髮，
熱情退時催它退、來時迎它來，——
去擁有，——去保有，——然後，——有天，——放手！

而這是我們的智慧：我們並憩
在風雨欲來的孤獨大山上，
望著天空褪色和焚燒，
金色星辰在它們的軌道裡轉，
當愛與我們同在，與時間與和平，
而生命只有這些可給予。
但，你愛我嗎，誰能說，
是否你，向我的方向漂來
在機遇與變遷的哀傷大河上，
以你疲倦的容顏、特異的話語，
點燃我的靈魂以隱藏的火焰
燃燒至無名字的強烈渴念，
　誰能說？
我不能，我是條破船

暫安於隨波逐流
在充滿愛之歡愉的小小午潮上
　在兩個夜之間。

The Teak Forest

Whether I loved you who shall say?
Whether I drifted down your way
In the endless River of Chance and Change,
And you woke the strange
Unknown longings that have no names,
But burn us all in their hidden flames
　Who shall say?

Life is a strange and a wayward thing:
We heard the bells of the Temples ring,
The married children, in passing, sing.
The month of marriage, the month of spring,
Was full of the breath of sunburnt flowers
That bloom in a fiercer light than ours,
And, under a sky more fiercely blue,
I came to you!

You told me tales of your vivid life
Where death was cruel and danger rife —
Of deep dark forests, of poisoned trees,
Of pains and passions that scorch and freeze,
Of southern noontides and eastern nights,

Where love grew frantic with strange delights,
While men were slaying and maidens danced,
Till, I , who listened, lay still, entranced.
Then, swift as a swallow heading south,
  I kissed your mouth!

One night when the plains were bathed in blood
From sunset light in a crimson flood,
We wandered under the young teak trees
Whose branches whined in the light night breeze;
You led me down to the water's brink,
"The Spring where the Panthers come to drink
At night; there is always water here
Be the season never so parched and sere."
Have we souls of beasts in the forms of men?

I fain would have tasted your life-blood then.

The night fell swiftly; this sudden land
Can never lend us a twilight strand
'Twixt the daylight shore and the ocean night,
But takes — as it gives — at once, the light.
We laid us down on the steep hillside,
While far below us wild peacocks cried,
And we sometimes heard, in the sunburnt grass,
The stealthy steps of the Jungle pass.
We listened; knew not whether they went
On love or hunger the more intent.
And under your kisses I hardly knew
Whether I loved or hated you.

But your words were flame and your kisses fire,
And who shall resist a strong desire?
Not I, whose life is a broken boat
On a sea of passions, adrift, afloat.
And, whether I came in love or hate,
That I came to you was written by Fate
In every hue of the blood-red sky,
In every tone of the peacocks' cry.

While every gust of the Jungle night
Was fanning the flame you had set alight.
For these things have power to stir the blood
And compel us all to their own chance mood.
And to love or not we are no more free
Than a ripple to rise and leave the sea.

We are ever and always slaves of these,
Of the suns that scorch and the winds that freeze,
Of the faint sweet scents of the sultry air,
Of the half heard howl from the far off lair.
These chance things master us ever Compel
To the heights of Heaven, the depths of Hell.

Whether I love you? You do not ask,
Nor waste yourself on the thankless task.
I give your kisses at least return,
What matter whether they freeze or burn.
I feel the strength of your fervent arms,
What matter whether it heals or harms.

You are wise; you take what the Gods have sent.

You ask no question, but rest content
So I am with you take your kiss,
And perhaps I value you more for this.
For this is Wisdom; to love, to live,
To take what Fate, or the Gods, may give,
To ask no question, to make no prayer,
To kiss the lips and caress the hair,
Speed passion's ebb as you greet its flow, —
To have, — to hold, — and, — in time, — let go!

And this is our Wisdom: we rest together
On the great lone hills in the storm-filled weather,
And watch the skies as they pale and burn,
The golden stars in their orbits turn,
While Love is with us, and Time and Peace,

And life has nothing to give but these.
But, whether you love me, who shall say,
Or whether you, drifting down my way
In the great sad River of Chance and Change,
With your looks so weary and words so strange,
Lit my soul from some hidden flame
To a passionate longing without a name,
  Who shall say?
Not I, who am but a broken boat,
Content for a while to drift afloat
In the little noontide of love's delights
  Between two Nights.

附錄

虛實與輕重——讀鍾曉陽《哀傷紀》

顏純鈎

幾年前和曉陽說起重版《哀歌》，她說好啊我要寫一篇序。後來我就一直在等這篇序，中間有各種各樣的事打岔，《哀歌》重版就一直耽擱著，到最近序來了，居然是一篇五萬多字的長文，這已經不是傳統意義上的序了，是《哀歌》在另一個層次上重生。《哀傷書》裡的一個男人，分明在《哀歌》裡有過，那些出海的日子，也似曾相識，如此看來，《哀傷書》是把《哀歌》延展擴充了，莫非《哀歌》本就是《哀傷書》的前奏，而《哀傷書》則是更豐富和完整的《哀歌》——或許這樣猜測沒甚麼道理，不過從「哀歌」到「哀傷」，一個「哀」字，寫盡人生的傷感和無奈。

我沒有問曉陽《哀傷書》是虛構的小說，還是紀實的散文，人生的虛與實有時分不太清楚，甚至也不需要去分得那麼清楚。年紀大了，往事未免模糊，我們時常不自覺地回頭去俯瞰自己的人生，不斷地回去，咀嚼生命中的微枝末節，有些事刻骨銘心，有些人但願從未遭遇過，真實發生的不忍正視，就作一點修正，沒有發生過的心有所憾，就作一點添加，到最後，誰能真正看清楚自己生命的軌跡？

《哀傷書》裡有三個男人，「我」與他們的人生各有不同程度的交集，有時看起來像友情，有時又分明是愛情，本來建立在友情之上的愛情，應有樂觀的前景才是，但愛情進兩步退三步，又很容易退回到友情那裡去了。這樣的三個男人在「我」的生命裡經過，像駛過「我」心湖上的三艘帆船，他們來了，帶來一陣風，一些微波盪漾，一時停泊在晨霧裡，一時又駛向暮靄，來時沒特別理由，去得又很飄忽，而在短暫相處的日子裡，一切又那麼安詳平淡，彷彿可有可無，又似乎是自然得應份如此。到最後，很難說得到了甚麼，或失去了甚麼，好像得到的與失去的正負相加，答案只是一個零。

說到得與失，誰到最後不是一個零？而值得留下來的，永遠不是結果，而是過程中的微枝末節，當下的感觸，過後的感悟，我們回望來時路，永遠不在追尋得到或失去的，回望的只是走路時的心情。

「天闊雲高，一個倒栽蔥下去，中間身體下墮的時間必定非常、非常漫長，長到有時間回顧一生嗎？」

三段感情分分合合，都說不上有甚麼大利害大悲喜，兩情相悅，點滴撿拾起來都溫潤可心，等到要離別了，也沒甚麼大衝突大困難，好像走到一個路口，各人的去向不同了，彼此道一聲珍重，心底留一點情意，離遠望去，也就只剩得一個背影。所謂「哀傷」，不是對三段感情的哀傷，而是對整個人生的哀傷。

曉陽說：「原來人永遠有更低的低處可去，到最後甚麼都可捨。」

人的慾望與生俱來，越長大慾望越多越強烈，先有各種慾望，然後苦苦追求，得到了固然歡喜，未得到終究有憾，悲哀的是慾望無窮而生命有限。人到中年，世路見慣，開始割捨身邊事物，捨得也要捨，不捨得也要捨，捨到最後，把自己也捨了，落得一片白茫茫大地真乾淨。如此的哀傷，何止友情愛情，真是天高地大，往古來今，沒有甚麼不是哀傷的了。

好作家永遠都是善感的，看曉陽寫那些無心的相逢、有意味的神色、小小的感動、細碎的拌嘴，一點一滴都有情意在，不管是遭逢巨變，還是平平淡淡的離別，或是片刻的癡迷，遙遠的祝福，在她筆下都有豐饒的生命汁液。正是這些真實生活裡的小小「得著」，使整個悲欣交集的人生，不會被哀傷壓倒——哀傷永遠在那裡，而我們總得按自己的方式活完一生。

真喜歡她的文字，從《春在綠蕪中》那些精緻的小散文，到《哀傷書》這樣甘醇有情致、寬舒自在的長文，中間有過起伏，也有太多空白，到今日曉陽回來了，她的文字浸潤著看透世情的豁達，將當年的靈秀之氣，淡淡隱入不動聲色的敘述中，只留下經歲月提煉的深長韻味。「二十年沒有多長，不夠我們脫胎換骨，只夠我們世故些、困頓些、幻滅些。」這話說來未免苦澀，但誰又不是如此？最終大家都輸給庸常的人世，只是有的人甘之如飴，有的人不甘。

「事情總是這樣的。一切的輕，輕若鴻毛的輕——每一次的不經意、隨機語、眼神接觸、輕握手，最終都會黏附在一個想像上，像個星球旋轉，年深月久成為一份沉沉的、沉沉的、重，一份沉重的想念在心底。」整個《哀傷書》說的都是這樣的輕和重，無數生命中的「輕」，積累起來的就是心底的「重」，沒有那些輕，便沒有最後的重，生命的點滴是那些輕，生命的實質是那個重。

（本文作者為香港天地圖書總編輯）

文學森林 LF0050

哀傷紀

作者

鍾曉陽

一九六二年十二月，在廣州出生。父親是印尼第二代華僑，母親是瀋陽人。美國密西根大學畢業，主修電影與電視欣賞。

十四歲開始寫作，以小說〈病〉獲香港第五屆青年文學獎小說初級組推薦獎。十七歲那年暑假跟母親回瀋陽，回家不久開始寫小說〈妾住長城外〉，之後與〈停車暫借問〉、〈卻遺枕函淚〉結集為「趙寧靜的傳奇」三部曲《停車暫借問》，出版後轟動文壇，讓整個華文世界為之驚艷，獲「張愛玲的繼承者」高度讚譽。

另著有短篇小說集《流年》（1983）、《愛妻》（1986）、《哀歌》（1986）、《燃燒之後》（1992），長篇小說《遺恨傳奇》（1996），散文與新詩合集《細說》（1983），詩集《槁木死灰集》（1997）。其間曾停筆十多年，二〇〇七年在香港《明報》編輯的遊說下，開始在《明報》發表散文。二〇一一年散文集《春在綠蕪中》在台、港、中三地重新推出。

美術設計 蔡南昇
行銷企劃 傅恩群、詹修蘋
版權負責 陳柏昌
副總編輯 梁心愉
初版一刷 二〇一四年九月一日
定價 新臺幣二八〇元

ThinKingDom 新經典文化
發行人 葉美瑤
出版 新經典圖文傳播有限公司
地址 臺北市中正區重慶南路一段五七號十一樓之四
電話 886-2-2331-1830 傳真 886-2-2331-1831
讀者服務信箱 thinkingdomtw@gmail.com
臉書粉絲團 www.facebook.com/thinkingdom

總經銷 高寶書版集團
地址 臺北市內湖區洲子街八八號三樓
電話 02-2799-2788 傳真 02-2799-0909
海外總經銷 時報文化出版企業股份有限公司
地址 桃園縣龜山鄉萬壽路二段三五一號
電話 02-2306-6842 傳真 02-2304-9301

哀傷紀 / 鍾曉陽著. -- 初版. -- 臺北市：新經典圖文傳播, 2014.09
面； 公分. --（文學森林；YY0150）
ISBN 978-986-5824-27-3（平裝）

857.63 103016393

Thinkingdom Media Group Ltd.
Printed in Taiwan